바람의
마스터
Wind Master

바람의 마스터 5

임영기 장편 소설

초판 1쇄 찍은 날 § 2016년 4월 6일
초판 1쇄 펴낸 날 § 2016년 4월 14일

지은이 § 임영기
펴낸이 § 서경석

편집책임 § 박가연

펴낸곳 § 도서출판 청어람
등록번호 § 제387-1999-000006호
등록일자 § 1999. 5. 31
어람번호 § 제1-2395호

주소 § 경기도 부천시 원미구 부일로 483번길 40 서경B/D 3F (우) 14640
전화 § 032-656-4452 팩스 § 032-656-4453
http://www.chungeoram.com
E-mail § chungeorambook@daum.net

ISBN 979-11-04-90732-6 04810
ISBN 979-11-04-90417-2 (세트)

FUSION FANTASTIC STORY

9 [완결]

임영기 장편소설

바람의 마스터

Wind Master

도서출판

바람의
마스터

Wind Master

CONTENTS

제56장
희비의 슬롯

태수의 속도는 ㎞당 3분 50초로 조금 빨라졌으며 10㎞ 지점에서 2명을 추월했다.

　그 2명 중에는 아까 태수를 추월했었던 한 명이 포함됐다.

　태수보다 앞서 달리고 있는 44명의 선수 중에서 마지막 선수와 태수의 간격은 150m 정도인데 아무리 달려도 좁혀지지 않았다.

　그 선수는 아까 태수를 추월했던 또 다른 한 명인데 놀랍게도 태수가 현재 달리고 있는 ㎞당 3분 50초하고 비슷한 속도다.

탁탁탁탁탁—

태수는 당분간 그 속도를 유지하면서 상황을 지켜보기로 했다. 욕심 같으면 앞선 선수를 추월하고 싶지만 그러기 위해서는 무리를 해야만 한다.

지금 상황에 무리를 하면 얻는 것보다는 잃는 게 많을 것이므로 참는 게 좋다.

바로 앞에서 달리고 있는 선수가 태수와 비슷한 속도라면 어차피 그가 다른 선수들을 추월할 것이라는 점도 태수에게 다소 위로가 되었다.

두 번째 반환점인 취리히 시내 남서쪽 엥어까지 15km를 돌아서 오는 동안 태수는 다시 3명을 추월했다.

태수가 30위 안에 들려면 앞으로 11명을 더 추월해야 한다.

2km에서 시작된 추월싸움에서 태수는 15km까지 오면서 8명을 추월했고 2명에게 추월당해서 결국 6명을 추월했다는 얘기다.

27km가 남아 있는 상황에 11명이나 추월해야 하는 것은 정말 빠듯한 일이다.

잘하면 성공할 수도 있지만 재수가 없으면 닭 쫓던 개 지붕 쳐다보는 꼴이 될 수도 있다.

말하자면 골인해 봐야지만 결과를 알 수 있다는 건데 그런

건 태수의 성미에 맞지 않는다.

그때 태수는 맞은편에서 두 번째 반환점 엉어를 향해서 달려오는 많은 선수들 틈에 손주열이 끼어 있는 것을 발견했다.

자세히 세어보지는 않았지만 현재 손주열이 70위 밖인 것만은 분명하다.

대회 전에는 심윤복 감독이나 타라스포츠 사람들, 심지어 민영이까지도 태수군단의 이번 대회 결과에 대해서 핑크빛 상상을 아끼지 않았었다.

태수는 당연히 슬롯을 딸 테고, 손주열과 티루네시는 전력을 다하면 무난할 것이며, 신나라와 마레는 운이 좋으면 슬롯을 획득할 수 있을 것이라고 말이다.

그렇지만 현실의 장벽은 너무나도 높았다. 손주열이나 타라 3자매는 고사하고 제일 믿었던 태수마저도 고전을 면치 못하고 있지 않은가.

그렇기 때문에 스포츠를 각본 없는 드라마라고 하는 것이다. 스포츠 경기는 끝나기 전까지는 아무도 결과를 예단할 수 없기 때문이다.

태수가 보기에 손주열은 초주검 상태에서 거의 무의식중에 달리고 있는 것 같았다.

지금 봐서 손주열은 30위 안에 골인하기는 글렀다. 끝까지 완주를 한다면 다행일 정도로 녹초가 되었다.

그는 정면 10m 앞의 아스팔트만 내려다보고 달리기 때문에 태수를 발견하지 못했다.

태수는 손주열을 부르려다가 그만두었다. 불러서 뭐라고 해줄 말이 없기 때문이다.

그래서 그냥 지나치려는데 손주열이 무심코 고개를 들다가 바로 앞까지 달려오고 있는 태수를 발견하고 지친 얼굴 가득 환한 표정을 지었다.

"헉헉헉헉… 윈드 마스터! 파이팅!"

'주열아…….'

손주열은 태수가 자신의 지친 모습을 보지 못했을 거라는 생각에 애써 환한 표정을 지었는데 그게 태수의 마음을 짠하게 만들었다.

취리히 시내를 관통하는 리마트강 하류가 취리히 호수로 흘러드는 곳에 있는 콰이브뤼크 다리에 급수대가 있다.

심윤복 감독과 민영, 코치진이 제각기 음료병을 들고 태수에게 달려왔다.

"태수야! 알렉산더만 따라가라!"

"오빠! 괜찮아?"

태수 귀에는 심윤복 감독의 말만 들렸다.

"헉헉헉… 알렉산더가 누굽니까?"

심윤복 감독은 태수를 따라서 나란히 달리며 앞쪽 100m 거리에서 달리고 있는 선수를 가리켰다.

"저 친구가 1번 알렉산더다! 저 친구만 따라가면 30위 안에는 들 거다!"

태수는 한 대 얻어맞은 것 같은 기분이다. 아까 태수를 추월했다가 줄곧 태수 앞에서 km당 3분 50~53초의 속도로 달리고 있는 선수가 이번 대회 우승 0순위인 크랙 알렉산더라는 것이다.

어쩐지 아무리 추월하려고 해도 줄기차게 도망친다 했더니 다 이유가 있었다.

그렇지만 알렉산더가 태수를 추월했다는 것은 로드 바이크에서 태수에게 뒤졌다는 얘긴데 아무래도 로드 바이크 코스에서 말썽이 있었던 것 같다.

태수는 심윤복 감독 말대로 피니시까지 무조건 알렉산더를 뒤쫓는 것으로 목표를 정했다.

하프 반환점을 1km 남겨둔 20km지점.

여기까지 오는 동안 2명을 더 앞질렀으며, 걸린 시간은 1시간 17분 52초. km당 3분 54초의 평균속도로 달렸다.

태수는 궁리를 하다가 걸음을 내디딜 때마다 양쪽 골반이 아프고 허리가 무너지는 듯한 통증을 해결할 방법을 찾았다.

발을 내디딜 때마다 거기에 체중의 거의 대부분을 실으면 되는 것이다.

달리면서 한쪽 발을 내뻗으면 자연히 골반이 비틀어지고 그 상태에서 발바닥이 아스팔트에 닿으면 비틀어진 골반에 충격이 가해지기 때문에 더 아프게 마련이다.

그러니까 발바닥이 아스팔트에 닿을 때마다 그 발에 체중을 온전히 실으면 골반이 비틀어지지 않고 다리와 수직이 되기 때문에 고통이 최소화된다. 따라서 허리의 고통도 아울러서 완화된다.

말하자면 허리로 달리는 '체간 달리기'를 요령 부리지 않고 교과서 그대로 실행하면 되는 것이다.

그런 식으로 달리면 양쪽 어깨가 많이 흔들려서 마치 춤을 추는 것처럼 몸이 뒤뚱거릴 수밖에 없는데 지금으로선 어쩔 수가 없다.

타타타탁탁탁탁─

"훅훅… 핫핫… 훅훅… 핫핫……."

좀 우스꽝스러운 동작으로 달리게 되었지만 속도가 조금 더 빨라져서 충분히 위안이 되고도 남는다.

그렇게 달리니까 조금씩 빨라지더니 속도가 ㎞당 3분 43초까지 올라갔다. 이 속도면 앞으로 남은 22㎞를 1시간 21분에 달릴 수 있다.

여기까지 1시간 17분 52초가 걸렸으니까 넉넉잡아서 2시간 38~40분에 골인할 수 있을 것이다.

2시간 40분이라고 해도 수영과 로드 바이크에서 5시간 31분 55초였으니까 종합기록이 8시간 11분으로 상위에 랭크될 수 있다.

그 정도면 아무리 못해도 10위 안에는 들 수 있을 것이고, 슬롯은 무난히 딸 수 있을 터이다.

심윤복 감독이 배번호 1번 크랙 알렉산더라고 가리킨 앞선 선수가 조금씩 가까워지는 걸 확인하면서 태수는 조금 더 힘이 났다.

하프 반환점을 돌고서 23㎞지점에 이르렀을 때 태수는 알렉산더의 30m 등 뒤까지 바짝 따라붙었다.

그때 도로변에 늘어선 사람들이 환호를 하면서 뒤쪽을 가리키자 비로소 알렉산더가 뒤돌아보고 태수를 발견하고는 가볍게 놀라는 표정을 지었다.

30m 거리에서는 뒤돌아보는 알렉산더의 얼굴이 또렷하게 잘 보였다.

놀라는 알렉산더의 얼굴을 보는 순간 태수는 문득 마라톤을 하던 때가 생각났다.

태수가 ㎞당 2분 30~35초의 속도로 질풍처럼 맹추격을 할 때면 쫓기는 선수가 뒤돌아보는 표정이 지금 알렉산더의 표정과 똑같았었다.

그게 바로 올 봄 4월 런던마라톤대회 때였다. 그로부터 5개월 후에 태수는 같은 유럽 땅에서 아이언맨이 되기 위해 악전고투를 하고 있다.

태수의 생각으로는 이런 상황에서 앞선 선수는 백이면 백 속도를 높이게 되어 있다.

더구나 그 선수가 스포트라이트를 한 몸에 받는 유명한 선수라면 더욱 그렇다.

인간이라면 어느 누구라도 추월당하는 것이나 쫓기고 있다는 사실을 싫어한다. 그러지 않는다면 성인군자거나 바보천치가 분명하다.

태수의 예상대로 알렉산더가 속도를 올렸는데 ㎞당 3분 35초 정도의 속도다.

하지만 그래 봐야 잠시뿐, 오래 달리지 못하고 다시 원래 속도로 떨어질 것이다.

극도로 지친 상태에서 마라톤의 전설 윈드 마스터에게 추격을 당하고 있으니까 똥줄이 탔을 테지만 바닥난 체력이 뒷받침해 주지 않을 것이다.

알렉산더가 속도를 높이는 바람에 태수하고의 거리가 50m로 벌어졌으며, 그사이에 한 명을 추월했고, 잠시 후에 태수도 그 선수를 추월했다. 이제 8명이 남았다.

그때 태수는 문득 좋은 생각이 떠올랐다. 그가 마라톤대회 때 자주 써먹었던 '사냥몰이'를 지금 알렉산더에게 사용하면 효과를 볼지도 모른다는 것이다.

마라톤대회 때하고 다른 점이 있다면, 지금 사냥몰이를 하면 태수와 알렉산더 두 사람에게 좋은 일이라는 사실이다.

태수나 알렉산더 같은 초인에 근접한 인간에게는 특별한 능력이 있다.

선천적으로 타고난 능력과 강훈련으로 축적된 잠재력이 바로 그것이다.

그것은 평소 때는 드러나지 않지만 극한 상황에 처했을 때 몸 깊숙한 곳에서 솟구치는, 초능력에 가까운 힘이다.

또한 자기 스스로 끌어내는 일은 어렵지만 타의에 의해서는 이따금 촉발된다.

태수는 알렉산더를 '사냥몰이'해서 극한 상황으로 몰아붙여 그의 잠재력을 일깨우는 동시에 그를 추격하는 자신의 잠재력도 끌어내려는 것이다.

태수가 예상했던 대로 알렉산더는 2㎞도 가지 못해서 다시 원래의 속도로 떨어졌다.

그사이에 한 명을 더 추월해서 태수가 30위가 되려면 이제

7명이 남은 상황이다.

반면에 알렉산더가 우승을 하려면 37명을 추월해야만 한다. 그러므로 태수는 알렉산더가 7명을 추월할 동안만 사냥몰이를 하면 된다.

알렉산더는 2km를 km당 3분 35~40초의 속도로 달리다가 태수가 100m로 멀어진 것을 확인하고는 원래의 km당 3분 53초 정도의 속도로 환원했다.

태수는 km당 3분 45초의 속도로 조금씩 알렉산더를 압박해 나갔다.

갑자기 속도를 높여서 몰아붙일 체력도 없지만, 그렇게 하면 알렉산더가 아예 포기를 해버릴 것이기 때문에 사냥몰이 자체가 성립되지 않는다.

또한 알렉산더가 어느 정도 휴식을 취할 수 있도록 하려면 이 방법이 최고다.

그때 태수는 맞은편에서 낯선 여자 선수가 달려오는 것을 발견했다.

양쪽 허벅지에 검고 굵은 유성펜으로 '1'이라고 적힌 것을 보니까 아마도 여자 우승 0순위인 호주의 미린다 카프리인 것 같다.

미린다 카프리는 재작년과 작년 2년 연속 하와이 코나대회에서 우승하여 여자 세계챔피언에 올랐던 철녀다.

또한 그녀는 여자로서는 유일하게 아이언맨 킹코스에서 8시간대의 기록을 보유하고 있다. 작년 코나대회에서 8시간 59분의 기록으로 우승한 것이다.

태수가 27㎞ 지점을 지나고 있으니까 미린다 카프리는 태수에게서 약 12㎞ 뒤처져 있다.

카프리의 달리는 속도로 봤을 때 ㎞당 4분 20초 정도이며, 시간으로 치면 태수보다 48분쯤 뒤져 있는 상황이다.

태수의 예상 종합기록이 8시간 11분이니까 카프리의 예상 기록은 +48해서 8시간 59분쯤 될 것이다. 어쩌면 카프리는 작년에 이어서 올해도 취리히에서 8시간대의 우승 기록을 세울지도 모른다.

그다지 크지 않은 키와 체구의 카프리는 짧은 금발을 흩날리면서 가까이 다가와서는 태수를 보고는 왼손을 들면서 흰 치아를 내보이며 환하게 미소 지었다.

"Hey! Windmaster!"

태수도 손을 들고 마주 미소를 지어 보였다.

카프리는 숏팬츠에 짧은 스포츠브라를 했으며 구릿빛으로 그을려서 소금과 땀으로 번들거리는 근육질 몸으로 태수의 곁을 스쳐 지나갔다.

잠시 후에 태수가 알렉산더와의 거리를 50m로 좁히고 있을 때 두 번째 여자 선수가 맞은편에서 달려왔는데 뜻밖에도 엠마였다.

그녀는 오늘 여러 번이나 태수와 마주쳤는데도 다시 보는 게 뭐가 그리도 좋은지 환하게 웃으면서 외쳤다.

"베이비! 나 우승하면 자기 걸로 여기에 침 놔줘! 하하하하!"

그러면서 손가락으로 자신의 엉덩이를 가리키고는 명랑하게 웃으며 지나쳤다.

알렉산더는 엠마의 말소리에 뒤돌아보고는 태수가 가깝게 추격한 것을 확인하더니 다시 속도를 내기 시작했다.

태수는 여자 선수 선두와 2위가 지나가도록 손주열이 보이지 않는 게 마음에 걸렸다.

손주열이 아무리 늦기로서니 여자 선두보다 느릴 수는 없다. 그런 상황은 딱 한 가지인데 그가 중도에 포기를 했을 경우가 그렇다.

알렉산더는 생각보다 잘 달리고 있어서 이제는 오히려 태수가 따라가기 힘겨울 정도다.

저만치 전방 왼쪽에 리마트강 하류에 놓인 쾨이브뤼크 다리와 그 위를 달려오고 있는 그웬의 모습이 보였다.

그웬은 엠마에게서 350m쯤 뒤져 있다.

그웬은 조금 지친 모습이지만 잘 달리고 있다.

그웬은 현재 여자 3위이고 엠마를 추월하려면 350m를 따라잡아야만 한다.

그렇지만 마라톤에서, 특히 여자 선수 경우에 350m라는 긴 거리를 좁혀서 추월하는 일은 매우 어렵다.

태수는 그웬이 3위로는 만족하지 않을 것이라고 생각했다. 하지만 뜻만 있다고 목표를 이룰 수 있는 건 아니다.

2위 엠마는 350m지만 1위 미린다 카프리는 거의 1㎞나 앞서 달리고 있다.

태수는 그웬이 달려오는 모습을 보고 그녀가 윈마주법으로 제대로 뛰지 않고 있다는 사실을 간파했다.

그웬의 원래 주법은 긴 다리를 최대한 이용하여 넓은 스트라이드로 성큼성큼 달리는 것이었다.

그런데 지금 그녀는 윈마주법과 원래의 스트라이드주법을 절반씩 섞어서 달리고 있다.

어떻게 보면 조화롭게 잘 달리는 것 같지만 사실 이것도 저것도 아닌 어중간한 주법이기 때문에 체력 소모가 크다.

그웬은 지친 상태에서도 태수를 만나자 반가운 얼굴로 손을 들어 보였다.

"허니!"

"그웬! 스트라이드를 줄여!"

"……."

그웬이 스쳐 지나가면 끝이기 때문에 태수는 빠르게 자기가 할 말만 했다.

"스트라이드 줄이고 피치를 빨리해! 윈마! 윈마!"

태수는 가까이 다가온 그웬에게 재빨리 주문하고 '윈마'를 거듭해서 외쳤다.

영리한 그웬은 태수의 말을 즉시 알아차렸다.

스쳐 지나가면서 그웬이 손을 뻗었다. 태수도 손을 뻗어 그녀와 손을 마주치면서 다시 주문했다.

"발에 체중을 싣고 팔을 빨리 움직여!"

"오케이! 허니!"

그웬의 목소리는 태수의 등 뒤에서 들렸다.

그래도 조금 염려가 된 태수가 뒤돌아보며 확인을 해보니까 그웬은 스트라이드를 줄이고 내뻗은 발에 체중을 실으면서 두 팔을 빨리 움직이고 있었다.

'됐다.'

태수는 한시름 놓았다. 여자 선수 1, 2위는 아직 하프 반환점을 돌지 않았기 때문에 잘하면 그웬이 따라잡을 수도 있을 것이다. 그렇지만 그건 태수의 희망사항일 뿐이지 가능성은 적다.

그웬은 타라스포츠와 계약을 했기 때문에 그녀가 우승을 하거나 최소한 2, 3위만 해도 타라스포츠에 좋은 선물이 될 터이다.

그리고 타라스포츠는 트라이애슬론으로도 영역을 넓혀서 브랜드 이미지를 확고하게 할 좋은 찬스를 얻게 될 것이다.

아울러서 태수가 이 대회에서 슬롯을 따내고 10월에 있을 하와이 코나 월드챔피언십에 출전한다면 그 자체만으로도 굉장한 광고효과를 얻을 수 있다.

그런데 태수가 그웬에게 신경을 쓰다 보니까 알렉산더하고의 거리가 120m까지 벌어졌다.

알렉산더는 이미 콰이브뤼크 다리를 건너고 있으며, 그는 다른 선수를 한 명 추월했다.

태수도 마음이 급하지만 알렉산더에 비할 바가 아니다. 알렉산더는 35명을 더 추월해야지만 우승할 수가 있다.

'이래서는 안 된다.'

태수는 현재 자신에게 가장 필요한 것이 각성(覺醒)이라고 생각했다.

더 빨리 달릴 수 있느냐는 것은 그다음 문제다. 정신이 깨어나야지만 몸이 따라줄 테니까 말이다.

현재 그의 몸은 뭐라고 말할 수 없을 정도로 만신창이가 된 상태다. 마라톤을 하면서도 이런 상황은 한 번도 경험해본 적이 없었다.

팔다리가 몸통에 붙어 있는 게 아니라 제각기 따로 움직이고 있는 느낌이다.

그러니까 머리에서 명령을 해도 몸이 말을 듣지 않는 상황이 벌어지고 있는 것이다.

'우선 자세부터 바로잡자.'

속도를 높이는 건 그다음 문제다. 앞대가리 기관차가 내달리면 뒤에 연결된 객차들이 줄줄 따라와야 한다.

태수는 속도를 늦추었다. 무조건 빨리 달리려고만 하니까 자세가 엉망진창이 된 것으로 판단했다.

일시적으로 속도를 늦추어서 알렉산더하고의 거리가 멀어지는 것은 어쩔 수 없다.

자세를 바로잡고 문제점을 고친 다음에 제대로 달려서 알렉산더를 뒤쫓으면 된다.

그러나 그렇게 해서도 뜻대로 되지 않는 것은 태수로서도 포기할 수밖에 없다.

탁탁탁탁탁탁―

"후훅… 하핫… 후훅… 하핫……."

태수가 천신만고 끝에 원마주법에 최대한 가까워진 주법으로 달리게 되었을 때 전방에는 알렉산더가 보이지 않았다.

태수는 어느덧 콰이브뤼크 다리를 건넜으며 취리히 호수 서안의 시작점인 뷔어클리플라츠 광장 옆을 지나고 있다.

속도는 km당 4분 10초로 떨어졌으며 그사이에 2명이 그를 추월했다.

아니, 사실 그는 자세를 바로잡는 것에 몰두하느라 2명이 자신을 추월했다는 사실을 모르고 있다.

다만 사냥감으로 삼았던 알렉산더가 보이지 않아서 조금 실망했지만 이미 예상했던 일이라 당황하지는 않았다.

자세를 바로잡고 윈마주법에 가까운 달리기를 하고는 있지만 그렇다고 해서 온몸이 조각나는 듯한 고통과 당장에라도 주저앉고 싶은 무력함이 사라진 것은 아니다.

그리고 그는 깨달았다. 트라이애슬론의 '마의 벽'은 로드 바이크가 끝나고 마라톤을 시작하는 순간부터 이미 거기에 빠져 있었다는 사실을 말이다.

그러니까 태수는 마라톤 35㎞ 이후의 엉망진창인 몸 상태에서 마라톤을 시작했던 것이다.

'자… 이제부터 다시 시작해 보자.'

그렇지만 포기와 후회를 모르는 그의 강인한 근성이 다시 시동을 걸었다.

몇 명을 추월해야지만 30위 안에 드는지도 모르겠다. 조금 아까까지만 해도 7명 남았었는데 지금은 몇 명 더 늘었을 것이라고만 막연하게 짐작했다.

타타타탁탁탁탁—

평소보다, 아니, 아까보다 스트라이드를 조금 더 좁히는 대신 피치를 빠르게 했다.

잠시 후에 그의 스트라이드는 175㎝쯤이고 피치가 1분당 198회가 되었다.

시간을 재보니까 ㎞당 3분 40초까지 올랐으며 조금씩 더 빨라지고 있다.

제대로 달리기 시작하자마자 한 명을 추월했다. 그렇지만 몇 명을 더 추월해야 하는지 모르기 때문에 일단 전력을 다해서 달린다는 생각이다.

"태수!"

전방에 자신이 추월할 선수만 주시하면서 달리고 있는 태수 귀에 티루네시의 목소리가 들렸다.

전방 맞은편 30m쯤에서 달려오고 있는 티루네시가 태수에게 재차 소리쳤다.

"나 몇 등이야?"

자기가 몇 명을 추월해야 하는지도 까먹은 태수가 티루네시의 순위를 알 리가 없다.

"잘하고 있어! 계속 달려!"

티루네시가 환하게 미소 지으며 손 키스를 날렸다.

"알라뷰!"

발음도 완전히 한국식이다.

티루네시가 몇 위인지는 모르지만 10위 내인 것만은 분명하다. 뜻밖에도 티루네시가 선전을 해주고 있다.

더구나 지금 그녀의 달리는 폼으로 봤을 때 몇 명을 더 추월할 수도 있을 것처럼 안정된 모습이라서 태수에게 큰 위안이 됐다.

태수 전방에 급수대와 그곳에서 기다리고 있는 심윤복 감독, 민영의 모습이 보였다.

태수가 조금 전보다 더 빨라진 ㎞당 3분 30초의 속도로 달려오는 모습을 발견한 심윤복 감독과 민영이 놀라는 표정을 지었고, 태수에게 음료병을 주려고 분주히 주로로 나오면서 목소리를 높였다.

"태수야! 그 속도로만 가면 된다!"

"오빠 39위야! 9명만 잡으면 돼! 아자! 파이팅!"

"민영아! 주열이는 어떻게 됐냐?"

민영이 태수 옆에 나란히 달리면서 대답했다.

"주열 오빠 리타이어했어!"

태수는 손주열이 보이지 않아서 그랬을 것이라고 짐작했지만 막상 그 사실을 확인하니까 기분이 착잡했다.

그렇지만 그는 곧 손주열 생각을 떨쳐 버렸다. 지금은 태수 발등에 불이 떨어진 상황이다.

심윤복 감독과 민영은 태수가 잘하고 있다고 위로했지만

사실 앞으로 남은 13km에서 9명을 잡지 못하면 말짱 도루묵인 것이다.

태수는 운 같은 건 애당초 믿지 않는다. 그가 마라톤에서 성공한 것은 오로지 천부적인 달리기 실력과 심윤복 감독의 강훈련으로 길러진 뛰어난 능력 덕분이었다.

마라톤에서는 운 같은 건 존재하지 않는다. 스포츠에서 조직적인 집단 플레이를 하거나 상대가 약팀이 걸렸을 경우에는 운 같은 게 따라주기도 하겠지만, 오로지 몸뚱이 하나만 갖고 승부해야 하는 수영이나 사이클, 마라톤 같은 경기는 운 같은 것이 존재할 리가 없다.

더구나 수영과 사이클, 마라톤이 결합된 트라이애슬론은 강인한 체력과 끈질긴 정신력만이 승리의 키워드다.

지금 이 시점에서 태수가 기대할 수 있는 한 가지는, 온몸이 제각기 따로 놀아 삐걱거리던 것을 지금이라도 바로잡았다는 사실이다.

타타탁탁탁탁—

"훅훅… 핫핫… 훅훅… 핫핫……."

현재 태수의 속도는 km당 3분 30초다. 다른 선수들에 비하면 km당 20~30분 빠른 속도다.

과연 앞으로 남은 13km에 몇 명이나 추월할 수 있을지는 태수 자신도 모르는 일이다.

왼쪽에는 취리히 호수의 야외수영장이며 젊은이들이 많이 찾는 노천 바들이 늘어선 제바트 엥에가 보였다.

'좋아! 달릴 수 있는 데까지 달려보자.'

태수는 언제 또다시 온몸이 제각각 따로 놀면서 삐걱거릴지 모르기 때문에 상황이 조금이라도 나아진 지금 최대한 달려보자고 마음먹었다.

마라톤 후반으로 갈수록 선수들이 한데 몰려 있는 것이 아니라 띄엄띄엄 뚝뚝 떨어져서 달리고 있다.

도대체 알렉산더는 그사이에 얼마나 달아났는지 보이지도 않았다.

태수는 전방 40m까지 가까워진 한 선수를 잡기 위해서 조금 더 속도를 높였다.

타타타탁탁탁탁—

지금 속도가 얼마인지 시간을 재는 것마저도 귀찮아졌다. 지금은 그냥 오로지 젖 먹던 힘을 다 짜내서 달리는 것에만 신경을 쓰고 싶다.

어찌 보면 뛰어야겠다는 정신력이 아직껏 남아 있다는 사실이 신기할 정도다. 그렇게 생각하니까 아이언맨들이 하나같이 다 존경스러웠다.

잠시 후에 태수는 한 명을 추월하여 고꾸라질 것처럼 앞으로 달려 나갔다.

그러면서 그냥 마라톤에서 전설로 남아 유종의 미를 거두었으면 됐지, 이제 재산도 빵빵하게 모았겠다, 슬슬 그 돈이나 까먹으면서 한 평생 놀면서 유유자적 편히 살아도 되는데, 정말이지 이 미친 짓을 왜 하고 있는 것인지 자기 자신이 바보천치처럼 여겨졌다.

다시 또 한 명을 추월했다. 태수를 촬영하고 있는 모터바이크는 총 12대다. 태수가 도로 한가운데에서 달리니까 모터바이크들은 전방만 터준 채 삼면에서 빙 둘러 포위한 상태로 부지런히 촬영을 해댔다.

지금 현재 태수가 달리고 있는 모습을 전 세계 수억 명이 지켜보고 있을 것이다.

어떤 사람들은 팬으로서 순수한 마음으로 응원을 할 테고, 또 어떤 사람들은 마라톤에서 레전드였던 윈드 마스터가 과연 트라이애슬론에서는 어떤 활약을 할 것인지 흥미진진하게 지켜보기도 할 것이다.

그런 상황에 태수가 30위에도 들지 못해서 슬롯조차도 따지 못한다면 개망신도 그런 개망신이 없다.

전 세계 마라토너들은 윈드 마스터가 마라톤을 망신시켰다고 뭇매를 두들길 테고, 아이언맨들은 그것 봐라, 트라이애슬론이 한 수 위라고 콧대를 높일 터이다.

태수가 경험한 바로는, 트라이애슬론이 한 수 위인 것은 분명한 사실이다.

태수 입가에 차갑고도 비린 미소가 흐릿하게 떠올랐다.

"트라이애슬론이 뭐 별거냐?"

그가 중얼거리자 모터바이크에서 카메라와 마이크를 그에게 가까이 갖다 댔다.

태수는 두 다리에 더욱 불끈 힘을 주어 달리면서 뇌까렸다.

"빌어먹을! 내가 바로 한태수라는 말이다. 대한남아 한태수……!"

"으으윽……."

달리고 있는 태수 입에서 고통이 진득하게 배어 있는 신음 소리가 저절로 흘러나왔다.

이제 한계에 도달했으니까 그만 달려야 한다고 온몸이 아우성을 쳐댔다.

35㎞ 지점. 이제 2명만 추월하면 태수가 30위다. 그러고 나서 다른 선수에게 추월당하지만 않으면 된다.

온몸이 그냥 해체되는 것처럼 고통이 지독한데도 속도는 느려지지 않고 ㎞당 3분 30초를 유지하고 있다.

정신이 말짱하기 때문일 것이다. 몸뚱이야 만신창이가 됐든 어쨌든 말짱한 정신이 계속 달리라고 명령을 내리니까 몸뚱이로서는 움직일 수밖에 없다.

또한 자세가 흐트러지려고 하면 말짱한 정신이 그걸 그냥 두고 보지 않는다.

원마주법으로 똑바로 달리라고 다시 명령을 내리면 몸뚱이는 삐걱거리면서 그 명령에 따른다.

이상한 일이다. 원래 몸이 만신창이가 되면 아무리 머리가 명령을 내려도 몸이 말을 듣지 않는 법인데 태수는 몸이 따라주고 있다.

그렇다는 것은 몸이 아직까지는 어렵게나마 제 기능을 하고 있다는 뜻이다.

여하튼 최소한 태수가 현재 상황을 정리하자면 그런 느낌이다. 그리고 또 다른 느낌도 있다. 지금 이 상황이 '러너스 하이'하고 비슷하다는 점이다.

다른 게 있다면 마라톤에서의 '러너스 하이'는 정신도 몸도 같이 날아갈 것처럼 가벼워서 오버페이스를 하게 마련인데, 지금은 정신만 아주 상쾌하고 몸은 고통스럽다.

비유를 하자면, 컴퓨터 앞에 앉아서 게임을 하는 것과 비슷하다. 두뇌의 지시에 따라서 손가락만 움직이면 수많은 적들이 퍽퍽 죽어 나자빠지는 그런 상황이다.

그때 왼쪽으로 구부러진 코너를 돌자 태수의 눈에 알렉산더의 뒷모습이 보였다.

태수가 7명을 추월해서야 나타나다니 정말 많이 달아났다.

과연 우승 후보 0순위다운 파워다.

그는 로드 바이크에서 무슨 일이 있었던 게 분명하다. 그러지 않고는 태수보다 늦게 마라톤을 스타트했을 리가 없다. 그런데도 불구하고 역주를 하여 여기까지 왔다는 것은 초인이나 가능한 일이다. 알렉산더는 진정한 아이언맨이다.

피니시가 가까워지니까 길게 늘어선 선수들 모습이 많이 보였으며 알렉산더는 그 사이에 끼어 있었다. 태수로부터 세 번째인데, 태수가 보고 있는 사이에 그는 다시 한 명을 추월하고 있었다.

그걸 보는 순간 태수는 조금 발끈하면서 되지도 않게 항심 비슷한 감정이 솟구쳤다.

'저놈은 하는데 내가 못한다는 건 말이 안 된다.'

알렉산더가 우승을 하려고 선수들을 막 제치면서 추월하는 게 솔직히 눈꼴 시렸다.

태수가 마라톤대회에서 수많은 선수를 보기 좋게 추월할 때 그들의 눈에도 그렇게 보였을 텐데 태수는 거기까지는 생각하지 못했다.

다만 태수는 훈련이라면 알렉산더보다 자기가 더했으면 더했지 못하지 않았을 테고 체력 또한 절대 뒤지지 않을 자신이 있다고 생각했다.

마라톤대회에 나가기만 하면 맡겨놓은 것처럼 우승을 했었던 태수다.

그는 우승에 길들여졌었고 신기록을 경신하는 일에 익숙해져 있는 사람이다.

그런 그가 여기에서는 고작 30위 안에 들어서 하와이행 슬롯 한 장을 따내려고 아등바등하고 있으니 이제 새삼스럽게 생각해 보면 참 기가 찰 노릇이다.

그는 몸은 다 망가졌어도 정신만 말짱하게 남은 줄 알았는데 정신이 이상해진 것 같다.

30위 안에 들기만 해서 슬롯을 따내는 것만으로도 감지덕지한 상황에 우승 0순위인 알렉산더하고 한번 붙어보고 싶다는 마음이 불끈거렸다.

그게 바로 윈드 마스터 한태수의 본질이다. 그의 본질은 승부욕과 호승심으로 똘똘 뭉쳐 있다.

그가 만약 노름에 손을 댔다면 굉장한 겜블러가 됐을 것이고 정치에 입문했다면 독재자가 됐을 것이다.

하지만 그런 자신의 본질을 태수 자신은 전혀 모르고 있다. 꼭 이런 극한 상황에서만 실체를 드러내기 때문이다.

'해보는 거다. 가다가 죽더라도!'

바로 이거다. 몇 천억 원 벌어들인 엄청난 돈보다도 그가 갖고 싶었던 것. 승리다.

많은 역경을 이겨내고 승리했을 때의 가슴이 터질 것 같은 벅찬 희열은 억만금을 주고도 살 수가 없다.

태수는 지금 그걸 쟁취하고 싶은 것이다.

타타타탁탁탁탁탁—

믿을 수 없게도 태수의 속도가 점점 빨라지고 있다.

'알렉산더, 내가 너는 반드시 이기고 말겠다.'

지금 태수의 눈앞에는 매우 익숙한 장면이 벌어지고 있다.

15m 앞에서 달리고 있는 알렉산더가 쉴 새 없이 태수를 뒤돌아보고 있는 것이다.

알렉산더의 얼굴에 놀라움과 당황한 표정이 떠올라 있는 것이 태수의 눈에 똑똑히 보일 정도로 거리가 가까워졌다.

태수는 이미 30위 안에 들었다. 정확하게 26위다. 그런데도 속도를 줄이지 않고, 아니, 조금 더 올리면서 알렉산더를 압박하고 있는 중이다.

사실 알렉산더는 처음에 태수를 추월했을 때부터 그가 마라톤의 전설로 불리던 윈드 마스터라는 사실을 잘 알고 있었다.

태수 주위에 취재 모터바이크가 많이 몰려 있었기 때문이다. 그들이 없었다면 태수가 윈드 마스터라는 사실을 전혀 몰랐을 것이다.

그렇지만 알렉산더는 태수를 조금도 자신의 라이벌이라고

생각하지 않았었다.

태수가 마라톤에서 전설이었을지 몰라도 여긴 전혀 또 다른 세계 트라이애슬론이기 때문이다.

대부분의 아이언맨이 생각하는 것처럼, 알렉산더 역시 마라톤이 트라이애슬론의 아래라고 확신했다.

그러므로 윈드 마스터가 트라이애슬론에 도전장을 던진 일을 가상하게 여기지만 그가 이곳에서도 이름을 날릴 수 있을 것인가? 라는 물음에는 단호히 'NO!'라고 대답할 수 있다.

그랬는데 알렉산더의 그런 생각이 틀렸다는 것을 입증이라도 하려는 듯한 상황이 지금 벌어지고 있다.

알렉산더는 로드 바이크 주행 때 코너를 돌다가 미끄러지면서 넘어졌는데, 뒷바퀴 타이어가 찢어지면서 빠지는 바람에 그걸 교체하느라 시간을 7분 넘게 지체했었다.

원래 마라톤에 자신이 있는 알렉산더지만 마라톤에서 7분을 단축해서 우승을 할 가능성은 희박했다. 하지만 최선을 다해서 순위를 좁힐 생각이었다.

알렉산더는 또 뒤돌아보았다. 10초 전에 뒤돌아봤지만 마음이 불안해서 뒤돌아보지 않을 수가 없다.

"으헉헉……."

알렉산더의 두 눈이 화등잔처럼 커지고 입에서는 거친 숨소리가 쏟아졌다.

태수가 불과 5m 뒤까지 그림자처럼 바싹 따라붙은 것을 확인했기 때문이다.

알렉산더는 태수에게 추월당하지 않으려고 기를 쓰고 두 다리를 빠르게 움직였다.

타타탁탁탁탁―

"헉헉헉헉헉……."

그러나 정확하게 3초 후에 알렉산더는 자신의 오른쪽으로 천천히 치고 나오는 태수를 보고는 온몸의 힘이 모조리 다 빠져 버렸다.

알렉산더는 태수가 늠름한 표정으로 자신을 힐끗 쳐다볼 때 그를 향해 엄지손가락을 치켜세웠다.

"Amazing! You are the BEST(놀라워! 당신 최고야)!"

태수는 목표로 삼았던 알렉산더 추월을 성공시켰고 순위는 26위에서 25위로 올랐다.

탁탁탁탁탁탁―

"학학… 훅훅… 학학… 훅훅……."

숨이 너무 차서 4박자 호흡이고 음파호흡 같은 게 전혀 소용이 없다.

공기가 허파까지 도달하지도 못하고 목구멍에서 되돌아 나오는 것 같다.

이러다가는 기껏 추월한 알렉산더에게 다시 추월당할지도 모른다는 불안감이 솟구쳤다.

전방에는 선수들이 짧게는 30m, 멀게는 50~100m의 간격을 두고 띄엄띄엄 늘어선 채 달리고 있다.

태수는 방금 알렉산더를 추월했기 때문에 안전거리를 확보하기 위해서 조금 더 달리기로 했다.

"카아악! 카악! 칵!"

목이 답답해서 목구멍에 낀 가래를 몇 번이나 긁듯이 칵칵거려서 뱉어냈다.

전에도 숨이 찰 때는 이런 식으로 가래를 몇 번 뱉어내면 목구멍이 뚫려서 숨쉬기가 편했던 적이 있었다. 남 보기에는 더럽겠지만 언제나 효과는 좋은 편이다.

목구멍을 싹 긁어낸 후에 음파호흡을 10여 차례 해서 숨을 허파에 가득 채우고 나서는 티루네시의 4박자 호흡을 시작하여 호흡을 안정시켰다.

알렉산더를 잡는 것을 목표로 삼았었지만 잡고 나니까 태수의 생각이 또 달라졌다.

앉으면 눕고 싶고, 누우면 자고 싶은 것이 사람의 욕심이라더니 태수라고 다를 게 없다.

알렉산더의 추월을 경계해야 하기 때문에 속도를 늦추면 안 된다.

그런데 전방에는 감나무에 먹음직스러운 감이 주렁주렁 열린 것처럼 추월해야 할 선수들이 줄줄이 달리면서 태수의 눈을 아른아른 어지럽히고 있으니, 그 유혹을 뿌리치기에는 태수의 승부욕이 지나치게 강렬하다.

체력이 고갈돼서 지금 당장 쓰러지는 것도 아니고, 이제 남아 있는 거리는 기껏해야 4㎞ 남짓이다.

이런 상황에 최후의 한 방울까지 체력을 짜내서 한 명이라도 추월하는 행동이야말로 승부사의 바른 자세라고 그는 믿고 있다.

거듭 말하지만 피니시라인을 통과한 이후에 체력이 남아 있다는 사실만큼 부끄러운 일은 없다. 그것은 경기에서 전력을 다하지 않았다는 뜻이기 때문이다.

태수는 300m 정도를 달리면서 호흡과 달리는 자세를 점검하고 또 바로잡았다.

현재 속도는 ㎞당 3분 40초. 알렉산더를 추월할 때만 3분 20초로 올랐다가 다시 원래 속도로 떨어졌다.

엘리트 선수들의 평균속도는 ㎞당 4분 5초이고 지금 태수 전방에서 달리고 있는 상위 클래스 선수들은 3분 55초~4분의 속도다.

그렇다고 해서 태수 전방에서 달리는 선수들이 모두 마라톤을 잘하는 건 아니다.

그들 중에 절반 이상은 수영과 로드 바이크에서 시간을 줄인 덕분에 마라톤에서 선두를 달리고 있다.

그들과는 달리 태수는 수영과 로드 바이크에서 시간을 까먹고 마라톤에서 줄이느라 힘을 배로 쏟고 있다.

태수는 현재 자신의 몸 상태를 전혀 모른다. 이런 상황을 한 번도 겪어본 적이 없기 때문이다.

그렇지만 아직 달릴 수 있는 것만은 분명하다. 달릴 수 있을 때 달리는 것은 러너의 운명이다.

탁탁탁탁탁탁—

"후훅… 하핫… 후훅… 하핫……."

태수는 또 한 명을 추월해서 24위가 됐다. 그러나 한 명을 추월하면 또 한 명이 앞에 있다. 태수 앞에 23명이 있는 건데도 마치 끝없이 있는 것 같은 느낌이다.

조금 전까지 알렉산더가 태수 뒤에서 따라왔지만 지금은 두 번째로 밀렸다. 태수가 또 한 명을 추월하면 알렉산더는 세 번째로 밀릴 것이다. 그런 식으로 알렉산더는 태수에게서 점점 멀어질 것이다.

태수 전방에서 달리고 있는 선수들의 속도가 조금씩 느려지고 있다. 아니, 태수의 속도가 빨라지고 있는 것이다.

빨라진다고 해봐야 10초 정도로 ㎞당 3분 30초다. 마라톤을 할 때에 비하면 조깅하는 속도로 느리지만 여기서는 그야말로 최강의 속도다.

태수는 땀에 흠뻑 젖은 수트가 불편했다. 마라톤에서는 어깨가 드러나는 민소매 헐렁한 싱글렛에 숏팬츠를 입는데 트라이애슬론에서는 로드 바이크를 탔던 복장 그대로 몸에 찰싹 달라붙는 반팔과 무릎 위 반 뼘까지 내려오는 쫄바지 같은 옷을 입기 때문에 여간 불편한 게 아니다.

태수를 촬영하는 모터바이크가 20여 대로 불어났다. 도로 양쪽에는 취리히 시민들이 끝없이 늘어서서 윈드 마스터를 연호하며 열렬한 응원을 보내고 있다.

태수더러 우승하라고 응원하는 것이 아니라 마라톤의 전설 윈드 마스터가 취리히에 와서 선전하고 있는 모습을 보고 응원하고 있다.

태수는 알렉산더를 추월한 이후 지금까지 달리는 동안 한 가지 사실을 깨달았다.

쓰러지지 않는 한 달리기만 하면 트라이애슬론 선수들보다는 자신이 훨씬 빠르다는 사실이다.

그게 바로 마라톤에서 전설을 만들고 영웅으로 활약했던 윈드 마스터의 저력이다.

'쓰러지지만 않으면 된다.'

그렇게 입속으로 중얼거리면서 태수는 로드 바이크가 얼마나 중요한지 깨달았다.

트라이애슬론의 수영, 로드 바이크, 마라톤 중에서 로드 바이크가 4시간 20분대로 시간을 가장 많이 잡아먹는다. 그렇기 때문에 역으로 생각하면 로드 바이크에서 가장 많이 시간을 줄일 수 있다.

이번에 태수는 로드 바이크에서 4시간 33분대를 기록했는데 만약 상위 클래스처럼 4시간 20~25분대에 들어왔다면 마라톤에서 2시간 40분대만 기록을 해도 우승을 바라볼 수 있을 것이다.

"태수! 다 왔어! 힘내라!"

피니시를 100m쯤 남겨두고는 양쪽에 바리케이드가 쳐져 있으며 그 바깥쪽에서 누군가 고함을 질러대며 응원했다.

태수는 그야말로 비몽사몽 제정신이 아닌 상태에서 소리가 들려온 쪽을 쳐다보다가 그곳에서 소리 지르고 있는 헨리를 발견했다.

"태수! 파이팅해라! 오늘 소추 마시자!"

헨리는 벌써 골인을 해서 태수를 응원하러 여기까지 나온 모양이다.

태수는 몇 명을 추월했는지 또 까먹었다. 그걸 계산할 정신이 남아 있었다면 조금 더 빨리 달리라고 자신의 몸에게 명령을 내렸을 것이다.

바리케이드 바깥쪽에 구름처럼 모여 있는 응원 인파가 윈드 마스터의 골인 장면을 찍거나 촬영하느라 북새통을 이루고 있다.

타타타탁탁탁탁—

"으헉헉헉헉……."

태수는 마침내 아이언맨 취리히대회 킹코스를 완주하고 골인하자마자 바닥에 대자로 벌러덩 누워 버렸다.

"학학학학학학……."

"오빠!"

민영이 달려와서 태수 몸 위에 엎드려 그를 끌어안고 기쁨의 눈물을 흘려주었다.

민영은 타라스포츠의 실질적인 오너라기보다는 태수의 트레이닝매니저거나 시합을 할 때만 애인이 되어주는 존재인 것 같다.

민영은 눈물을 흘리면서 태수에게 뺨을 비비며 그의 기록을 알려주었다.

"오빠 마라톤 2시간 37분 15초에 들어왔어. 그래서 종합기록이 8시간 9분 10초야. 정말 잘했어……."

8시간 9분대면 우승도 가능한 기록이라서 태수는 몹시 힘들어하면서 기대 어린 얼굴로 물었다.

"헉헉헉… 나 몇 등이냐?"

"17위야."

"헉헉… 누가 우승했는데?"

"로니 쉴트크네히트(Ronnie Schildknecht)라는 스위스 선수야. 기록은 8시간 3분 43초."

"그렇게 빨랐어?"

"이번 대회 코스가 좋았대. 다들 기록이 잘 나왔어."

"그래……."

태수는 괜히 기분이 씁쓸해졌다.

아이언맨 취리히대회 킹코스는 지금까지 로드 바이크와 마라톤 코스에 산악지대를 많이 포함시켜서 힘들고 기록이 좋지 않기로 원성이 자자했었다.

그래서 이번 대회 코스는 험준한 산악지대를 많이 제외했기 때문에 다들 기록이 좋았다는 것이다.

"오빠 이번에 정말 기록 좋게 나온 거야. 대단해."

태수가 호숫가 잔디에 길게 누워 있고 타라스포츠팀 마사지사가 부지런히 마사지를 해주고 있는 옆에서 민영이 엄지손가락을 치켜세우며 연신 칭찬을 아끼지 않았다.

"주열이는?"

태수가 고개를 들면서 두리번거리자 심윤복 감독 뒤에 서 있던 손주열이 비죽거리면서 앞으로 나섰다.

"미안하다, 태수야."

타라 브랜드 트레이닝복으로 갈아입은 손주열은 심윤복 감독이나 민영보다도 태수에게 더 미안해서 어쩔 줄 몰랐다.

오늘 마라톤을 뛰면서 기진맥진했었던 태수는 손주열의 심정을 잘 이해할 수 있었다.

"힘들긴 힘들더라."

태수가 역성을 들어주니까 손주열은 머리를 긁적이면서 태수 옆에 앉았다.

"뛰는데 죽을 것 같더라."

"나도 그랬어."

"너도?"

손주열은 놀라면서도 반가운 표정을 지었다.

심윤복 감독은 타라 3자매가 골인하는 걸 보러 가겠다고 피니시라인 쪽으로 자리를 떴다.

마사지사가 물러가고 민영이 태수 다리를 주무르면서 옆에 앉아 대화를 거들었다.

"코스가 힘들었어?"

"아냐."

태수는 고개를 가로저었다.

"트라이애슬론은 마라톤하고 전혀 달라."

"다르지. 수영하고 로드 바이크가 더 있으니까."

"그게 아니라 우린 마라톤에 적합한 체력만 갖고 있어서 8시간씩이나 수영하고 달리는 것은 중노동이야. 그걸 견디지 못하는 거야."

"태수 말이 맞아."

민영은 태수 다리를 주무르던 손을 멈추고 걱정스런 표정을 지었다.

"그럼 어떻게 해야 되지? 앞으로 우린 트라이애슬론 못 하는 거야?"

태수는 진지한 표정을 지었다.

"트라이애슬론에 적합한 체력을 갖추면 돼."

"오빠 말은 훈련을 제대로 해야 된다는 거야?"

태수는 지친 모습의 알렉산더가 이쪽으로 걸어오는 걸 보면서 손을 저었다.

"그 얘긴 나중에 감독님하고 하자."

태수가 발을 오므리자 알렉산더는 태수 앞에 한쪽 무릎을 꿇고 앉으며 감탄의 표정을 지었다.

"당신 굉장했어. 수영과 로드 바이크 이후에 그렇게 빨리 달리는 사람은 처음 봤어."

태수는 빙그레 미소 지었다.

"당신은 로드 바이크에서 문제가 있었습니까?"

태수는 알렉산더가 자기보다 10살 정도 많아 보여서 정중하게 말했다.

"코너에서 미끄러져서 뒷바퀴가 벗겨졌었네. 그걸 교체하느라 7분 늦어졌지."

"당신은 몇 위 했습니까?"

"8시간 12분 33초로 20위네."

태수는 감탄 어린 표정을 지었다.

"대단합니다."

건성으로가 아니라 태수는 진짜 감탄했다. 로드 바이크에서 7분이나 지체하고서도 태수보다 3분 늦어서 20위를 했다는 건 정말 놀랄 일이다.

"당신은 몇 살입니까?"

"37살이네. 자네보다 많이 늙었지. 하하하!"

알렉산더가 자기보다 11살이나 많은데도 태수와 거의 비슷한 기록을 세웠다는 사실에 태수는 충격을 받았다.

"자넨 나를 놀라게 만든 최초의 사람이네."

"고맙습니다."

잘생긴 미남형의 알렉산더는 태수 옆에 찰싹 붙어 있는 늘씬한 민영을 쳐다보았다.

"자네 애인인가?"

"보스입니다."

"보스?"

"타라스포츠 오너입니다."

"오오……."

알렉산더는 놀랐는지 눈을 크게 뜨는 게 고글을 통해서도 보였다. 그는 고글을 벗고 민영에게 손을 내밀었다.

"안녕하십니까. 나는 크랙 알렉산더입니다."

민영이 알렉산더의 손을 잡으며 상큼한 미소를 지었다.

"안녕하세요. 이민영이에요."

알렉산더는 민영에게서 시선을 떼지 않은 채 고개를 갸웃거렸다.

"우리 구면인가요? 낯이 익은데……."

민영은 알렉산더의 손을 놓고 두 손을 들어서 마치 머리를 감는 듯한 동작을 취하면서 어깨를 흐느적거리듯이 좌우로 흔들며 노래를 불렀다.

"오오오~ 후우우~ 윈드~ 윈드~ 윈드 마스터~ 달려~ 달려~ 달려~ 윈드~ 윈드~ 윈드 마스터~"

민영의 대히트곡 'My windmaster'를 듣고서야 알렉산더는 두 손으로 머리를 감싸며 탄성을 터뜨렸다.

"Oh! My God! You GGM!"

"Exactly."

알렉산더는 무릎을 꿇고 민영에게 두 팔을 뻗으며 마치 숭배하는 듯한 자세를 취했다.

"당신은 내 딸 조안의 우상이에요! 물론 나도 당신의 열렬한 팬입니다! 오우 마이 갓! 당신을 이런 곳에서 보다니!"

알렉산더는 태수를 보러 왔다가 난데없이 횡재를 했다. 그는 결국 민영의 사인을 자신의 수트 앞뒤에 잔뜩 받고는 만족한 표정으로 일어섰다.

"당신 두 사람이 연인이라는 사실을 알고 있어요! 정말 잘 어울리는군요!"

어느 정도 회복이 된 태수는 민영과 함께 피니시라인으로 맨발로 터덜터덜 걸어갔다. 여자 선두가 골인할 때가 됐기 때문이다.

피니시라인 안쪽에는 시상대가 마련되어 있으며 커다란 샴페인 병 여러 개가 가지런히 놓여 있었다.

심윤복 감독과 마이크, 듀랑 코치가 피니시라인을 지켜보고 있으며, 그 옆에 있던 타라스포츠 지원팀 직원이 태수와 민영에게 말해주었다.

"여자 선두 3명이 치열하게 각축을 벌이고 있답니다."

민영이 기대 어린 표정으로 물었다.

"누구예요?"

"미란다 카프리와 엠마 잭슨, 그리고 그웬 조젠슨입니다."

그웬이 선두 다툼을 벌인다는 말에 민영은 자신의 귀를 의심할 정도로 기뻐했다.

"정말이에요?"

"1위 미란다 카프리, 2위 엠마 잭슨, 3위 그웬 조젠슨인데 서로의 거리가 5m도 안 된답니다."

태수가 서둘러 물었다.

"어딥니까?"

"조금 전에 40㎞ 급수대를 지났답니다."

태수는 급히 민영에게 물었다.

"이동할 때 뭘 탔니?"

"스쿠터."

"빨리 가져와라."

태수가 등을 떠밀며 재촉하자 민영은 태수가 그웬에게 가서 응원을 해주려 한다는 걸 알고 급히 스쿠터가 있는 곳으로 달려갔다.

"오빠!"

그런데 저만치에서 모터바이크에 탄 고승연이 큰 소리로 태수를 불렀다.

태수는 나는 듯이 달려가 고승연 뒤에 올라탔다.

"그웬한테 가자."

쿠투투투투투—

고승연이 취리히에 있는 동안 태수를 경호하려고 빌려두었던 가와사키 발칸 2000 클래식이 묵직한 배기음을 뿜으며 달려 나갔다.

잠시 후에 민영이 스쿠터를 몰고 나타났다.

"오빠 어디 갔어요?"

"고승연 씨 모터바이크를 타고 가셨습니다!"

민영은 마라톤 코스를 거슬러서 스쿠터를 내달렸다.

바다다다당—

태수가 달려갔을 때 그웬은 3위로 달리면서 2위 엠마와 15m 뒤로 처져 있었다.

타라스포츠 지원팀 직원에게 듣기로는 5m라던데 그사이에 뒤로 밀린 것 같았다.

"그웬!"

도로 바깥쪽에서 누군가 자신을 부르는 소리에 그웬이 몹시 지친 얼굴로 그쪽을 쳐다보다가 태수를 발견하고는 얼굴 가득 기쁜 표정을 떠올렸다.

고승연의 모터바이크에서 내린 태수는 그웬과 나란히 동일 선상에서 같은 방향으로 달리며 외쳤다.

"나하고 같이 뛰는 거야! 내 속도에 맞춰야 해!"

"알았어! 허니!"

그웬은 태수가 맨발로 달리는 모습을 보면서 눈시울이 뜨거워진 채 달렸다.

타타탁탁탁탁탁탁—

"학학학학학학······."

금방이라도 고꾸라질 것처럼 두 다리에 힘이 없고 허파가 터질 듯이 숨차지만 태수를 보는 순간, 아니, 그가 자신과 나란히 달리는 모습을 보자 그웬은 고통이 순식간에 사라지는 것을 느꼈다.

태수는 무리하지 않고 한동안 그웬과 보조를 맞춰서 달리다가 그녀의 호흡이 몹시 가쁜 것을 보았다.

"그웬! 음파!"

태수가 외치자 그웬은 즉시 숨을 길게 내쉬었다가 들이쉬는 음파호흡을 계속했다.

그런 식으로 20여 차례 지속하자 호흡이 웬만큼 안정됐다.

"4박자!"

"훅훅··· 핫핫··· 훅훅··· 핫핫······."

그웬은 어린아이가 아빠의 가르침에 순종하듯이 잘 따라하고는 어느덧 허파가 터질 것 같던 고통에서 벗어났다.

태수는 그웬의 호흡이 안정된 것을 확인하고는 비로소 조금 속도를 올렸다.

타타탁탁탁탁탁—

그웬은 앞서가는 태수를 따라가려고 스트라이드를 조금 좁히는 대신 피치를 빠르게 했다.

부지런히 달리던 그웬은 도로변에 늘어선 응원 인파 때문에 태수가 보이지 않게 되자 불안해졌다.

"허니!"

태수는 어떤 어른의 등에 업혀 있는 어린 소녀의 손에 쥐어져 있는 풍선을 살짝 낚아챘다.

"미안."

그는 풍선을 쥐고 달리면서 외쳤다.

"그웬! 풍선 보여? 그게 나야!"

"아아… 보여! 허니!"

"윈마! 윈마! 윈마! 윈마!"

태수는 그웬의 왼발에 맞춰서 '윈마'를 외쳤다. 윈마주법으로 달리라는 뜻이다.

그웬은 태수의 구령에 맞춰서 다리를 뻗으며 그 다리에 체중을 싣고, 왼발 발바닥이 아스팔트에 닿기도 전에 오른발을 내밀고, 오른발 발바닥이 아스팔트에 닿기 전에 또다시 왼발을 내밀기를 반복했다.

엠마는 조금 전에 태수가 그웬을 소리쳐서 부를 때부터 그의 존재를 알게 되었다.

엠마가 5m 뒤까지 따라붙었던 그웬을 떼어놓으려고 지친 몸으로 속도를 올려서 겨우 떨어뜨렸던 것이 불과 3분 전의 일이다.

그런데 느닷없이 태수가 나타나서 그웬을 응원하고 또 도로 변에서 나란히 달리기까지 하니까 엠마로서는 여간 신경 쓰이는 일이 아니다.

하지만 지칠 대로 지친 그웬이라서 태수가 아무리 응원을 해도 거기에 호응하지 못할 것이라고 생각했었다.

그런데 지금 오른쪽 옆을 보니까 태수가 엠마 자신과 거의 나란히 달리고 있지 않은가. 그것은 그웬이 엠마 뒤에 바짝 따라붙었다는 뜻이다.

뒤돌아보니까 아니나 다를까 그웬이 3m 뒤까지 따라붙었는데 속도가 엠마보다 빨라서 곧 추월당하고 말 상황이다.

"학학학학… 베이비! 그만해!"

엠마는 하소연했지만 그녀의 말을 들을 태수가 아니다.

그리고 엠마가 당황한 사이에 그웬이 그녀를 추월하더니 조금씩 앞서 나가기 시작했다.

태수 때문에 졸지에 3위로 밀린 엠마의 귀에 태수의 외침이 들려왔다.

"내뻗는 다리에 체중을 실어! 피치를 빠르게! 왼발! 왼발!"

"오케이!"

엠마는 즉시 태수의 코치대로 실행했다. 그웬에게 한 코치지만 엠마의 귀에도 들리는 걸 어쩌랴.

피니시를 200m 남겨둔 지점에서 진풍경이 벌어지고 있다.

타타타타탁탁탁탁—

그웬과 엠마가 1위 미린다 카프리를 추월하고 있는 중이다.

미린다 카프리는 오른쪽 도로변에서 윈드 마스터가 두 여자 그웬과 엠마를 원격조종하고 있다는 사실을 알아차렸다.

미린다 카프리가 황당함에 빠져 있을 때 그웬이 갑자기 속도를 올려 달려 나가고, 엠마가 비명을 지르며 뒤쫓았다.

"학학학학학… 그웬! 지지 않을 거야!"

엠마는 미친 듯이 두 다리와 두 팔을 휘두르며 그웬 오른쪽에 나란히 붙었다.

두 여자는 서로에게 지지 않으려고 기를 쓰고 달렸다.

피니시가 50m 남았을 때 태수가 한국말로 외쳤다.

"그웬! 숨 쉬지 말고 달려!"

그 순간 그웬이 호흡을 멈추고 전력 질주를 시작했다.

타타타타타탁탁탁탁—

움찔 놀란 엠마는 태수를 보며 악을 썼다.

"영어로 말해! 영어로!"

친절한 태수는 엠마의 요구를 들어주었다.

"Apneic run!"

엠마는 기쁜 표정을 지으며 태수 말대로 숨을 쉬지 않고 질주를 시작했다.

하지만 그녀는 저만치 전방에서 그웬이 피니시라인의 테잎을 두 손으로 번쩍 들어 올리는 모습을 보았다.

제57장
뉴 프로젝트

아이언맨 취리히대회 킹코스 남자부문 우승은 스위스의 로니 쉴트크네히트, 2위는 독일의 세바스티안 키엔레, 3위 남아공의 헨리 슈맨이 차지했다.

여자부문 우승은 종합기록 8시간 59분 42초의 그웬 조젠슨, 그리고 9시간 03초의 엠마 잭슨 2위, 3위 미린다 카프리가 각각 올랐다.

엠마는 마지막 스퍼트에서 그웬에게 밀려 우승을 뺏겼으며 3초 차이로 8시간대 진입에 실패하는 이중의 쓰라림을 겪어야만 했다.

태수군단의 최고 성적은 단연 그웬의 여자부문 우승이고, 티루네시가 8위로 선전했으며, 그다음이 태수 17위, 신나라와 마레는 각각 32위와 35위로 아깝게 하와이 코나행 슬롯을 따지 못했다.

　이렇게 해서 태수군단 중에서 다음 달 10월에 개최하는 하와이 코나 월드챔피언십 킹코스에 나갈 사람은 태수와 그웬, 티루네시 3명으로 정해졌다.

　그리고 같은 하와이 코나 월드챔피언십 70.3대회에 나갈 사람은 손주열과 신나라, 마레가 되었다.

　그웬은 시상대 가운데에서 트로피를 들어 올리고 환호하다가 감격의 울음을 터뜨렸다.

　그녀는 소감을 묻는 사회자의 질문에 눈물을 흘리면서 그러나 환하게 웃으며 대답했다.

　"나와 가족에게 기적을 선사한 윈드 마스터에게 이 영광을 바쳐요! 존경해요! 윈드 마스터! 사랑해요! 허니!"

　다음 날 태수군단은 귀국하여 부산 해운대 마린시티 보금자리로 돌아왔다.

　원래 그웬은 취리히대회가 끝나면 미국에 가서 가족들을 만나고 나서 태수군단에 합류하기로 했으나 뜻밖의 우승을 한 덕분에 마린씨티에서 태수군단과 함께 강훈련에 돌입하기로 계획을 바꾸었다.

　밤, 태수는 마린씨티 바닷가 산책로를 혼자서 걸었다.

　조금 전에 혜원과 통화를 했는데 그녀에게서 충격적인 말을 들었기 때문에 마음이 무거웠다. 아니, 무겁다 못해서 짓이겨지는 것만 같다.

　―오빠. 난 엄마 곁을 못 떠나. 엄마 나 없으면 안 돼. 아버지는 아직도 오빠 얘기만 나오면 펄펄 뛰어서. 그러니까 난 오빠한테 갈 수가 없어. 아픈 엄마 놔두고는 아무 데도 못 가… 엄마는 눈만 뜨면 날 찾으서……

　태수는 휴대폰 너머에서 들려오는 혜원의 애써 울음을 참는 듯한 목소리를 듣고만 있었다.

　―오빠, 내 말 잘 들어. 오빠 이제 나 잊어. 안 그러면 오빠도 나도 너무 힘들어져……. 어려운 시기가 지나고 나면 우리 둘 다 괜찮아질 거야. 오빠는 착한 남자니까 좋은 여자 얼마든지 있어. 아니, 민영 씨 있잖아. 민영 씨가 오빠 좋아하는 거 알고 있어. 오빠 민영 씨랑 결혼하면 행복할 거야. 내 말대로 해. 민영 씨 좋은 여자야.

　"워나."

　―그냥 내 말만 들어. 나 오빠 잊을 거야. 오빠 우리 가족한테

당하는 거 지겹지 않아? 나만 잊으면 오빠 행복해질 거야. 그렇게
해. 나 앞으로 오빠한테 연락하지 않을 거고 오빠도 전화하지 마.
제발… 오빠 전화 받으면 괴로워서 미칠 것 같아. 엄마 이대로 돌
아가시면 나 평생 후회하면서 살아야 돼. 오빠, 내 말 듣고 있어?

"그래."

—나 독한 여자야. 오빠 잊으려고 마음먹으면 잊을 수 있어. 행
복하게 잘 살아.

그러고 나서 혜원이 뭐라고 더 말한 것 같았는데 무슨 말인
지 알아듣지 못했다.

혜원이 갑자기 울음을 터뜨려서 흐느끼며 말했기 때문인지
아니면 태수가 너무 큰 충격을 받아서 머리가 멍했기 때문인
지는 알 수가 없다.

어쨌든 태수는 자신의 인생에서 가장 큰 시련에 봉착했다
는 사실을 어렴풋이 느꼈다.

이런 일이 생길 것이라고는 눈곱만큼도 예상하지 못했었다.
아무리 어려운 일이 닥쳐도 태수와 혜원의 사랑은 절대로 깨
지지 않을 거고 끝까지 헤쳐 나가서 결국에는 행복하게 살 수
있을 것이라고 믿었다.

태수는 자기가 마라톤에 뛰어들어서 노력하고 돈을 모으는
것이 모두 혜원을 위해서라고 생각했는데 한순간에 그의 목

표가 사라지고 말았다.

혜원이 평소에 장난을 좋아하지 않지만 지금은 장난을 치고 있는 거라고 생각했다.

지금이라도 혜원의 전화가 다시 걸려 와서 모두 장난이었으니까 화내지 말라고, 오빠를 한번 시험해 본 거라면서 깔깔 자지러지는 웃음을 터뜨릴 것만 같았다.

그렇지만 혜원은 다시는 전화하지 않았다.

태수의 5m 뒤에서 묵묵히 따르고 있는 고승연은 그가 무엇 때문에 상심하고 있는지 짐작하고 있다.

아까 그가 방에서 혜원과 전화 통화를 할 때 옆에서 지켜보고 있었기 때문이다.

그때 태수가 절규처럼 내뱉었던 말이 모든 것을 짐작하게 만들었다.

"혜원아! 나 너 죽어도 못 잊어! 그건 나더러 죽으라고 하는 거야! 그러지 마, 혜원아!"

고승연은 태수를 존경하고 또 사랑하고 있다. 아마 태수 주위의 여자들은 모두 그럴 것이다. 태수는 존경받아 마땅하고 사랑할 수밖에 없는 남자다.

그렇지만 태수가 바라보는 여자는 오로지 한 사람 혜원뿐이다. 태수가 주위의 여자들에게 베푸는 것은 '친절'이고 혜원에게 주는 것은 '사랑'이다.

그걸 다 알고 있다. 태수 주위의 여자들 모두 해바라기처럼 태수만을 바라보고 있지만 그 역시 해바라기처럼 혜원만을 바라보고 있다. 태수군단은 모두 해바라기다.

그렇다고 해서 태수가 혜원하고 깨지기를 바라는 여자는 아무도 없다.

그건 진심으로 그를 사랑하기에 그가 행복해지기를 소원하기 때문일 것이다.

태수는 근처의 포장마차로 들어갔으며 마치 술을 마시다가 죽을 사람처럼 결사적으로 마셔댔다.

그는 빨리 술을 마셔서 취하기를 원했다. 술을 마시지 않으면, 아니, 취하지 않으면 그는 너무 가슴이 아파서 괴로워하다가 바다에 뛰어들었을지도 모른다.

그는 아무 말도 하지 않은 채 맞은편에 앉아 있는 고승연을 한 번도 제대로 쳐다보지 않았으며 술을 권하지도 않았다.

마치 그녀를 투명 인간처럼 대하며 아무 말도 하지 않고 연거푸 소주 5병을 비우고는 그 자리에 엎어져 버렸다.

고승연이 인사불성 된 태수를 업고 T&L스카이타워로 가고 있을 때 그는 잠꼬대를 하는 것처럼 간헐적으로 낮게 흐느껴 울었다.

그는 울면서 혜원의 이름만 불렀다. 고승연은 가슴이 찢어지는 것 같았지만 태수의 아픔에 비하지는 못할 것이다.

고승연은 최대한 사람들 눈에 띄지 않으려고 조심해서 오피스텔로 올라갔다.

오피스텔에 들어가자 실내에는 불이 환하게 켜져 있고 민영과 윤미소를 비롯한 태수군단 모두가 거실 소파에 앉아 있거나 서 있었다.

그들은 태수가 갑자기 아무 말도 없이 사라져서 걱정하면서 기다리고 있었던 것이다.

고승연이 태수를 업고 들어오자 그들은 모두 크게 놀라서 몰려들며 무슨 일이냐고 한꺼번에 물어보았다.

"오빠가 술에 취했어요."

태수가 술에 만취해서 인사불성이 된 것은 매우 드물게 보는 일이다.

처음부터 태수와 한솥밥을 먹어온 민영과 윤미소조차도 태수의 이런 모습은 딱 한 번 봤고 오늘이 두 번째다.

"승연 씨, 오빠 무슨 일 있었어요?"

"모릅니다."

민영이 집요하게 두세 번 연이어서 물었지만 고승연은 모르쇠로 일관했다.

사실 고승연도 태수에게 무슨 일이 있었는지 자세히 모른다. 그저 짐작만 하고 있을 뿐이다.

하지만 알아도 말하고 싶지 않았다. 특별한 이유는 없지만 태수의 아픔을 자랑처럼 늘어놓고 싶지 않은 것이다.

고승연이 태수를 침대에 눕히고 거실로 나오자 민영이 태수에게 갔다가 잠시 후에 나왔다.

그웬은 태수에 대해서 잘 모르기 때문에 그에게 무슨 일이 있는 것인지 아무런 짐작도 하지 못하는 처지라서 답답하기 짝이 없어서 윤미소에게 물었다.

"미소, 태수한테 무슨 일 있어요?"

"별일 아니에요."

윤미소는 모두를 현관 쪽으로 몰았다.

"자, 태수 자게 우린 나갑시다."

이곳에 있는 사람들은 그웬 한 사람만 빼고 태수에게 무슨 일이 있었는지 짐작했다.

태수가 저렇게 인사불성이 되도록 술을 마실 일이라면 혜원하고의 일 하나뿐이다.

태수는 다음날 낮 12시가 다 돼서야 깨어났다.

숙취로 머리가 깨질 것 같았지만 그는 제일 먼저 혜원에게 전화를 걸었다.

하지만 태수가 건 전화번호는 '없는 번호'라는 멘트가 흘러
나왔다.

그는 두 번 세 번 다시 걸어봤지만 흘러나오는 '없는 번호'
라는 멘트는 똑같았다.

혜원이 휴대폰 번호를 바꾼 게 분명했다. 그것은 어제 태수
가 들었던 혜원의 폭탄선언이 결코 꿈이거나 장난이 아니라는
뜻이다.

팍!

태수는 맞은편 벽에 휴대폰을 집어 던져 박살을 내고는 벌
렁 누워 멍하니 천장만 바라보았다.

혜원이 자신의 곁을 떠났다는 사실이 아주 조금씩 현실로
다가오기 시작했다.

척—

휴대폰이 박살 나는 소리에 고승연이 방으로 들어왔다. 그
녀는 바닥에 널려 있는 휴대폰 조각과 태수를 번갈아 쳐다보
다가 다시 조용히 방을 나갔다.

태수군단이 아이언맨 쥐리히대회 킹코스에서 거둔 성적 덕
분에 타라스포츠는 엄청난 광고효과에 이어서 판매도 수직으
로 상승하고 있는 중이다.

바야흐로 대한민국은 마라톤에 이어서 트라이애슬론 신드롬이 일어나기 시작했다.

타라스포츠는 트라이애슬론 용품 진출에 이어서 자전거 생산에도 뛰어들었다.

저가 보급용이나 고급 전문가용을 막론하고 전 세계 자전거시장의 80%를 장악하고 있는 대만의 아성이 막강하다.

하지만 타라스포츠는 국내외에 꽤 이름이 알려져 있으며 또 기술력도 충분히 갖춰져 있는 중소기업 자전거 메이커 '블루윙스(Bluewings)'를 M&A 방식으로 전격적으로 매입하여 '윈드 마스터(Windmaster)'라는 자전거 브랜드를 탄생시키는 등 공격적인 개척과 마케팅을 개시했다.

그웬이 타라스포츠와의 계약 때 메이저대회에서 입상하면 재계약을 한다는 조건을 달았었다.

그웬은 취리히대회에서 우승을 했으므로 조건을 충족시키고도 남는다.

그웬은 태수군단 모두가 그랬던 것처럼 윤미소를 에이전트로 삼아 재계약 테이블에 나섰다.

타라스포츠 측에서는 민영과 실무 직원, 변호사가 나왔다.

민영의 사무실 소파에는 태수, 그웬, 윤미소가 나란히 앉았고, 맞은편에 민영과 실무 직원, 변호사가 마주 앉았다.

그웬은 태수에게 타라스포츠에 더 바랄 것이 없으니까 처음 계약을 그대로 유지하자고 말했지만 태수가 반대했다.

며칠 전에 그웬은 윤미소에게 태수와 혜원에 대해서 자세한 설명을 들었다.

윤미소는 그웬이 태수를 좋아하고 있다는 사실을 알기 때문에 그에 대해서 알아야 한다는 생각에 혜원의 일을 설명해 준 것이다.

그리고 태수가 인사불성이 되도록 술을 마신 이유가 아마도 혜원과의 일이 악화됐기 때문일 것이라는 자신의 짐작도 덧붙여서 말해주었다.

"새 조건이 있으면 말해봐요."

민영이 그웬을 위해서 영어로 말문을 열었다.

이 자리에 들어오기 전에 그웬은 태수, 윤미소에게 재계약의 조건에 대해서 충분히 얘기를 들었다.

윤미소는 내용을 다 알고 있으면서도 짐짓 노트북을 들여다보는 제스처를 취하고는 사무적으로 입을 열었다.

"우선 계약금 천만 달러. 연봉 120만 달러."

실내에 무덤 속 같은 고요한 침묵이 흘렀다. 민영은 놀라지 않았다. 속으로는 놀랐을지 모르지만 그녀는 여장부다. 이 정도에 놀랄 정도로 새가슴이 아니다.

민영은 이 조건이 태수와 윤미소가 충분히 상의한 이후에 나왔을 것이라고 짐작했다. 아마도 그웬의 입김은 전혀 작용하지 않았을 것이다.

한 달 전에 첫 계약을 할 때 계약금이 300만 달러였는데 졸지에 천만 달러라니, 도대체 태수는 아군인지 적인지 모를 일이다.

그웬은 조마조마해서 미칠 지경이다. 그녀는 태수를 하늘처럼 믿고 있지만 이 계약은 성사될 가능성이 제로에 가깝다고 생각했다.

그래서 그녀는 계약금 천만 달러는 그냥 던져보는 금액일 뿐이고, 거기에서 협상을 통해서 계약금을 조절할 것이라고 조심스럽게 짐작했다.

윤미소는 민영이 아무 말이 없자 그럴 줄 알았다는 듯 다시 말을 이었다.

"그웬은 미인이고 글래머니까 광고효과가 좋을 거야. 미녀 아이언맨이 트라이애슬론 킹코스에서 우승을 했다면 굉장한 거 아닐까?"

계약금과 연봉에 광고모델을 포함한다는 뜻이다.

"그리고……."

윤미소가 희고 긴 손가락 하나를 세웠다.

"그웬에게 마라톤을 시켜볼까 하는데……."

민영의 눈이 커지면서 태수를 쳐다보았다.

"정말이야?"

취리히대회에서 그웬의 마라톤 기록은 2시간 54분으로 단연 1위였었다.

그녀는 수영과 로드 바이크에서 미린다 카프리와 엠마에게 많이 뒤졌었지만 마라톤에서 뒤집었다.

영어로 대화를 하기 때문에 그웬은 조마조마한 심정으로 테이블 밑에서 태수의 손을 꼭 잡고 있다.

민영이 태수를 보며 날카롭게 물었다.

"오빠가 봤을 때 그웬이 순수 마라톤만 뛰었을 때 기록이 얼마쯤 나올 것 같아?"

태수는 딱 잘라서 대답했다.

"내년쯤이면 2시간 15분이다."

태수의 말은 단 한 번도 틀린 적이 없었다. 그리고 여자마라톤 세계기록은 영국의 폴라 레드클리프가 갖고 있는 2시간 15분 25초다.

민영은 새빨간 혀로 더 새빨간 입술을 핥았다. 흥분했을 때의 그녀의 버릇이다.

"몇 년 계약할 거지?"

윤미소가 손가락 3개를 펼쳤다.

"3년."

"그웬이 트라이애슬론과 마라톤을 병행하는 거겠지?"

"물론이야."

"그웬 혼자 마라톤을 하면 외로울 텐데?"

민영은 태수의 머릿속을 꿰뚫어보는 것 같은 묘한 미소를 지었다. 이럴 때의 그녀는 최고의 경영자다.

태수는 가만히 있고 윤미소가 대신 대답했다.

"신나라와 마레를 마라톤에 합류시킬 거야."

말은 윤미소가 하지만 사실 이 모든 것은 다 태수의 머리에서 나온 것이다.

비로소 민영의 얼굴이 펴졌다. 그녀는 허리를 꼿꼿하게 펴고 그웬에게 오른손을 내밀었다.

"Deal. Gwen."

그웬은 바들바들 떨면서 어쩔 줄을 몰랐다.

"와아앙!"

다음 순간 그웬은 태수에게 안기면서 어린아이처럼 울음을 터뜨렸다.

T&L스카이타워 타라스포츠 트레이닝센터 휴게실에 태수군단이 모여 앉았다.

이른 새벽에 일어나서 해가 질 때까지 수영과 로드 바이크를 맹훈련하고, 저녁 식사 후에 트레이닝센터에서 트레드밀과 근력운동을 마친 태수군단은 파김치가 된 모습으로 땀범벅이 되었다.

태수군단은 스위스 취리히에서 돌아온 후 사흘 동안 꿀 같은 휴가를 보내고 나서 강훈련에 돌입했다.

신나라와 마레는 다시 마라톤에 복귀했다. 태수는 그웬의 탁월한 마라톤 실력을 간파하고 그녀에게 마라톤을 권유하는 한편 트라이애슬론에 재능을 보이지 못하고 있는 신나라와 마레에게도 다시 마라톤에 복귀할 것을 권유했었다.

신나라와 마레는 마라톤을 하면 태수하고 같이 훈련을 하지 못하고 또 한 팀이 될 수 없을지도 모른다는 염려 때문에 즉답을 하지 못했다.

그러나 태수가 타라스포츠 트라이애슬론과 마라톤은 한 팀이며 끝까지 같이 간다는 약속을 하자 그제야 자신들은 트라이애슬론보다는 마라톤이 더 비전이 있을 것 같다면서 속내를 털어놓았다.

사실 신나라와 마레는 트라이애슬론을 하면서도 만족할 만한 성적이 나오지 않아서 내내 속을 태우고 있었다.

그렇지만 마라톤에 복귀한다는 생각은 꿈도 꾸지 못한 채 답보 상태에 빠져서 끙끙 속만 끓이고 있었다.

그러던 참에 태수의 마라톤 복귀 권유는 두 여자에게 한 줄기 햇살처럼 광명을 비춰주는 것이었다.

그래서 태수군단 6명은 태수와 손주열, 티루네시가 트라이애슬론을, 신나라와 마레가 마라톤을 하게 되었으며, 그웬은 유일하게 트라이애슬론과 마라톤을 병행하기로 했다.

그래서 태수군단 6명은 무조건 훈련을 하는 게 아니라 심윤복 감독이 각자에게 딱 맞게 프로그램을 짠 특화훈련을 하고 있는 중이다.

"오빠, 드릴 말씀이 있어요."

"옵빠, 나도 할 말 있어."

다들 땀을 식히면서 차가운 음료수를 마시고 있는데 신나라와 마레가 태수를 보며 조심스럽게 말문을 열었다.

"뭔데?"

신나라와 마레는 마라톤으로 복귀하면서 타라스포츠와 재계약을 맺었으며 예전에 비해서 30% 인상된 계약금과 연봉 등을 받기로 했다.

그것이 전적으로 태수 덕분이라는 사실을 잘 알고 있는 신나라와 마레는 지난 며칠 동안 강훈련을 하느라 태수에게 고맙다는 말을 할 겨를도 없었다.

"이번에 재계약한 거 정말 고마워요."

"나도 옵빠."

한국말이 서툰 마레는 신나라의 말에 고개를 끄떡였다.

신나라는 고개를 살래살래 가로저었다.

"아니에요. 이번 일만이 아니라 모든 걸 다 감사해요. 오빠가 아니었으면 지금의 신나라는 없었을 거예요."

마레는 너무 긴 말이라서 절반도 알아듣지 못하고 눈을 깜빡거리며 신나라를 쳐다보다가 그녀의 말이 끝나자 태수를 보며 고개를 끄떡였다.

"나도 옵파."

"말로만이 아니라, 오빠가 원하신다면 저의 모든 걸 다 드릴 수 있어요. 목숨까지도요."

마레도 신나라처럼 진지한 표정을 지었다.

"옵파, 나도."

마레보다 한국말이 능숙한 티루네시가 끼어들었다.

"태수는 우리 모두의 은인이야. 우리가 아무런 걱정 없이 가족들과 해운대에서 행복하게 살고 있는 것은 다 태수 덕분이야. 태수 아니었으면 꿈도 못 꿨어."

윤미소가 태수 옆에 앉은 그웬에게 통역을 해주었다.

태수는 신나라의 부모님과 오빠들을 해운대로 불러들여서 번듯한 초밥 가게와 라멘 가게를 내주었으며, 티루네시와 마레의 할아버지를 비롯한 가족 전체가 대한민국으로 이민을 올 수 있도록 물심양면 도움을 아끼지 않았고, 또 그들이 해운대에 정착할 수 있도록 전폭적으로 지원을 해주었다.

티루네시의 말에 다들 기다렸다는 듯 크게 공감하면서 한두 마디씩 보태자 갑자기 시끄러워졌다.

그렇지만 태수는 아무 말도 하지 않고 음료수만 마시고 있다가 조용해지자 비로소 조용한 목소리로 말했다.

"우리를 뭐라고 생각하지?"

"팀!"

"태수군단!"

"동료!"

다들 또 한마디씩 하자 태수가 빙그레 미소 지었다.

"우린 가족이야."

"아……."

그 말에 모두들 환한 얼굴이 되어 탄성을 터뜨렸다.

태수의 '가족'이라는 말에 모든 의미가 다 포함되어 있어서 모두들 큰 감동을 받아 가슴이 먹먹해졌다.

윤미소가 그 말을 통역해 주자 그웬은 눈물을 글썽이면서 태수를 존경의 눈빛으로 바라보았다.

"허니, 나도 패밀리야?"

태수는 빙그레 웃었다.

"그래, 우린 다국적 패밀리야."

그웬이 속상한 표정을 지었다.

"패밀리끼리는 사랑 못 하는데……."

윤미소가 충고했다.

"그웬이 연하니까 태수를 오빠라고 불러야지."

그웬은 몸을 흔들면서 앙탈을 부리며 태수에게 매달렸다.

"노우! 그래도 허니는 허니야."

티루네시가 장난을 쳤다.

"그럼 우리 모두 태수의 호칭을 '허니'라고 통일하자."

신나라와 마레가 와아! 하고 함성을 지르며 박수를 치더니 곰살맞은 얼굴로 애교를 부렸다.

"허~ 니."

"허니~ 컴온~"

그웬이 질색하며 태수를 부둥켜안으며 비명을 질렀다.

"노우! 노우! 내 허니야!"

그 모습을 보고는 다들 배를 움켜잡고 발을 동동 구르면서 깔깔거렸다.

"태수야."

태수가 오피스텔로 내려오자 손주열이 따라와서 진지한 얼굴로 어렵게 말을 꺼냈다.

"나 트라이애슬론 너무 힘들다."

"그래? 좋아하는 줄 알았는데."

손주열은 의기소침한 표정을 지었다.

"좋아하긴 하는데 너무 힘들어. 기록도 좋지 않고……."

태수는 소파에 앉으면서 맞은편을 가리켰고, 윤미소가 태수 옆에 앉고 고승연은 냉장고에서 차가운 캔맥주 하나를 꺼내서 따고는 태수에게 주었다.

태수는 캔맥주를 테이블에 내려놓았다. 손주열의 말이 중요하기 때문에 듣고 나서 마시려는 것이다.

"너 마라톤으로 복귀하고 싶은 거니?"

"그, 그러면 안 될까?"

손주열은 기다렸다는 듯 반색을 했지만 곧 조심스러운 표정을 지었다.

"마라톤을 하면 잘할 수 있을 텐데……."

태수는 팔짱을 끼고 잠시 생각했다. 손주열이 트라이애슬론을 하면 잘할 수 있을 거라는 건 태수의 생각이고 정작 본인은 힘들어하고 또 기록도 저조한 편이다.

태수는 자신이 손주열을 억지로 끌고 가려 했었다는 생각에 반성을 했다.

"미안하다. 내 생각만 했다."

태수가 느닷없이 사과를 하자 손주열은 당황해서 두 손을 마구 저었다.

"아냐, 절대 그렇지 않아!"

사실 태수가 자신의 종전 마라톤 세계신기록 1시간 58분 52초를 1시간 57분 37초로 경신한 런던마라톤대회에서 손주열은 2위를 했으며, 2시간 4분 18초의 개인 최고기록을 세우는 기염을 토했었다.

태수의 기록을 제외했을 때 대한민국 최고기록이 2시간 7분대고 아시아 최고기록이 2시간 6분대라는 사실을 감안했을 때 손주열은 아시아에서는 말 그대로 무적이다.

태수는 마라톤 2시간대를 3번씩이나 돌파했으며 금세기 안에는 깨지지 않을 거라고 전문가들이 장담하는 1시간 57분 37초의 전무후무한 대기록을 세우고는 홀가분하게 마라톤에서 은퇴하여 트라이애슬론으로 전향하겠다고 전격적으로 발표했었다.

그러자 손주열을 비롯한 태수군단 모두 자기들도 트라이애슬론을 하겠다면서 줄줄이 따라왔다.

그러나 이제 와서 돌이켜 생각해 보니까 그들은 진심으로 트라이애슬론을 하고 싶었던 것이 아니라 태수와 헤어지는 것이 겁나고 또 태수와 같은 종목을 뛰고 싶어서 부화뇌동하는 기분으로 그런 결정을 내렸던 것이다.

그런 결정을 내리기까지 자기들 딴에는 얼마나 많은 고민을 했을 것인지 태수는 생각해 본 적이 없었다.

태수가 마라톤으로 복귀를 권유했을 때 신나라와 마레가 뛸 듯이 기뻐했던 것이나, 지금 손주열의 태도를 보면 짐작할 수 있는 일이다.

"오늘 너하고 나, 미소 3명이 잘 상의해서 빠른 시일 안에 타라스포츠하고 재계약하자."

손주열은 깜짝 놀랐다.

"재계약은 왜?"

"지금 계약 조건은 트라이애슬론이니까 네가 마라톤으로 복귀한다면 새로 해야지."

"그런가?"

태수는 손주열이 무엇을 염려하는지 짐작하고 빙그레 미소 지으며 달렸다.

"너도 계약금하고 연봉 상향 조정해야지."

손주열은 뜨악한 표정을 지었다.

"난 지금 조건으로도 만족해."

"나라는 2시간 17분 35초로 세계 4위 기록이고 마레는 2시간 17분 43초로 5위 기록이야. 그걸로 걔들은 계약금과 연봉을 30% 상향 조정했어."

"그렇지만 나는……."

"주열아, 너 그거 아냐?"

"뭘?"

"나 없는 상황에서는 네가 대한민국은 물론이고 아시아에서 1인자야. 2시간 4분대가 너밖에 없다는 거야."

"그건 알지만……."

"그건 기록이 아니라 희소가치야. 네가 마라톤을 한다면 타라스포츠는 물론 대한민국과 아시아 전체가 너한테 목을 매게 될 거다."

"정말 그럴까?"

"하여튼 소심하기는……."

손주열은 태수의 손을 덥석 잡았다.

"태수야, 나 너랑 마라톤 뛰는 게 익숙해서 혼자 뛰는 게 겁난다. 기록 안 나오면 어떻게 하지?"

태수는 손가락 하나를 세웠다.

"이 생각 하나만 하고 뛰면 된다."

"무슨 생각?"

태수는 손주열의 어깨를 두드렸다.

"한태수, 니 기록 내가 깨주마, 라고 말이야."

"어어……."

태수는 빙긋 미소 지었다.

"불가능하겠지만 말이야."

"너……."

"왜? 할 수 있겠어?"

"못 해."

"그러니까 한태수 니 기록 내가 깨주마, 하고 뛰라니까?"

"니 기록 못 깬다면서 무슨……."

손주열은 죽었다가 깨어나도 태수의 기록을 깨지 못한다고 생각하지만, 지금 기분은 최고다.

　태수와 티루네시는 수영 30%, 마라톤 20%, 그리고 로드 바이크 50%의 비율로 훈련을 하고 있다.

　수영과 로드 바이크 실력이 탁월한 그웬은 수영 20% 로드, 바이크 20%, 마라톤 60%로 훈련을 분배하여 비지땀을 흘리고 있다.

　그리고 마라톤으로 복귀한 손주열과 신나라, 마레는 수영 20%, 로드 바이크 20%, 마라톤 60%로 그웬과 같은 비율로 훈련을 재개했다.

　태수군단 6명의 시간을 잘 조정해서 되도록 수영과 로드 바이크, 마라톤을 같은 시간대에 훈련하도록 했다.

　손주열과 신나라, 마레가 마라톤에 복귀함에 따라서 세 사람은 트라이애슬론 하와이 코나 70.3 월드챔피언십에 나가지 않는 것으로 결정했다.

　대망의 트라이애슬론 하와이 코나 킹코스 월드챔피언십은 10월 15일 토요일에 개최한다.

　오늘이 10월 2일, 대회까지는 13일, 아니, 하와이는 대한민국보다 19시간 느리니까 14일이 남았다.

　적어도 3일 전에는 출국해야 하므로 훈련을 할 수 있는 시간은 11일뿐이다.

태수는 미월드 부지의 호텔 건설 일로 중간보고를 하겠다면서 만나자는 수현의 요청을 시합 때문에 바쁘다는 핑계로 정중히 거절했다.

　혜원의 일방적인 결별 선언 이후 태수는 수현에게 달려가서 자초지종을 다 설명하고 도움을 청했었다. 물에 빠진 사람 지푸라기라도 잡는 심정이었다.

　그러나 수현은 호텔 건설 일로 눈코 뜰 새 없이 바쁜 상황이라서 혜원이나 오빠 내외를 꽤 오랫동안 만나지 못했기에 태수에게 전혀 도움이 되지 않았다.

　수현이 태수에게 해줄 수 있는 일은 옹고집에 편협한 오빠를 열 올려서 성토하는 것뿐이라서 태수의 마음을 더욱 쓸쓸하게 만들었다.

　태수는 혜원의 이별 통보 이후 이틀에 한 번 꼴로 술을 마시고 있다.

　운동선수에게 술은 쥐약이나 마찬가지지만 술을 마셔서 취하지 않으면 혜원이 너무 그리워서 숨을 쉬기조차 어려워 죽을 것만 같았다.

　훈련에 몰입해 있을 때는 그래도 혜원을 잊을 수 있지만, 훈련이 끝나고 나면 혼자 멍하니 앉아서 혜원을 그리워하는 게 고문도 그런 고문이 없다.

태수는 오늘도 훈련이 끝난 밤 9시에 평범한 점퍼에 청바지를 입고 오피스텔을 나와 밤거리를 어슬렁거리다가 마린씨티의 어느 술집으로 들어갔다.

술집에서 잔잔한 재즈가 흘러나오는 소리를 듣고 이끌려서 들어간 것이다.

벽 쪽 빈자리에 앉은 태수는 소주를 주문했다가 소주는 팔지 않는다는 말에 양주를 시켰다.

고승연이 맞은편에 꼿꼿하게 앉아 있지만 태수는 그녀에게 눈길도 주지 않은 채 양주를 컵으로 따라서 물처럼 벌컥벌컥 마셔댔다.

태수가 양주 반병을 마셔갈 즈음에 고승연은 일어나 화장실로 가서 민영에게 전화를 걸었다.

"와주셔야겠어요."

마침 T&L스카이타워에 와 있던 민영은 고승연의 연락을 받은 즉시 한달음에 술집으로 달려왔다.

고승연은 민영이 올 때쯤 돼서 슬그머니 술집 밖에 나가서 기다리다가 저만치에서 급히 달려오고 있는 민영을 발견하고 다가갔다.

"무슨 일이야? 오빠 술 마셔?"

"네."

"취했어?"

"마시는 중이에요."

민영은 고승연이 자신에게 전화를 할 정도면 태수가 심각한 상황이라고 판단해서 한달음에 달려온 것이다.

"내가 가볼게."

"저는 밖에 있겠습니다."

민영이 술집 안으로 들어가는 걸 보면서 고승연은 입구가 잘 보이는 맞은편으로 걸어갔다.

태수는 앞에 앉은 민영을 고승연이라고 생각하는지 쳐다보지도 않고 약간 고개를 숙인 채 묵묵히 술만 마셨다. 맛있는 안주가 앞에 있지만 손도 대지 않았다.

민영은 잠시 태수를 응시하다가 손을 들어 종업원을 부르더니 손짓으로 잔을 가져오라고 했다.

슥─

태수는 양주병을 집어 들어 자기 잔에 술을 따르는 민영을 쳐다보다가 벙긋 미소도 뭣도 아닌 표정을 지었다.

"민영이구나."

"왜 청승맞게 혼자 마셔? 나랑 같이 마시자."

"어… 그래."

민영은 하와이 코나대회를 앞두고 몸 관리를 철저하게 해야 할 태수가 술을 마신다는 사실에 충격을 받았으나 이미 엎질러진 물이라서 지금 술을 못 마시게 하는 것은 좋은 방법이 아니라고 판단했다.

어쩌면 태수는 훈련이 끝나면 밤마다 이런 식으로 술을 마셨을지도 모른다.

그렇기 때문에 차라리 태수가 무엇 때문에 술을 마시는지 이유를 알아내서 고민을 없애주는 것이 해결책이라고 생각했다.

민영은 한동안 잠자코 술을 마시다가 15분쯤 지나서야 은근슬쩍 물어보았다.

"오빠, 무슨 일 있어?"

"무슨 일은……."

태수는 별일 아니라는 듯이 빙그레 미소만 지을 뿐 그냥 술만 마셨다.

민영은 화장실에 간다고 일어나서 술집 밖으로 나가 고승연에게 다가갔다.

"오빠에게 무슨 일이 있는지 승연 씨가 알고 있는 대로 솔직하게 다 말해봐."

고승연은 숨겨서 될 일이 아니라는 생각에 태수와 혜원의 통화 내용에 대해서 자기가 아는 한 다 말해주었다.

민영은 짐작은 했지만 혜원이 일방적으로 태수에게 결별을 선언했을 줄은 전혀 예상하지 못했기에 충격이 컸다.

그녀는 다시 술집으로 들어가 태수 맞은편에 앉아 술을 마시면서 어떻게 해야 할 것인지 궁리했다.

태수는 양주 한 병하고도 반을 마시고 뻗어버렸다.

민영은 나머지 반병을 같이 마시고는 어지간히 취했지만 소득이 있었다.

같이 술을 마시는 동안 많이 취한 태수가 자신의 쓰라린 심정을 푸념처럼 늘어놓은 것이다.

태수는 이제 자신의 능력으로는 혜원하고 다시 이어질 수 없다는 사실에 절망하고 있었다.

지금껏 혜원 한 사람만 바라보면서 죽을 만큼 노력했는데 그게 다 물거품이 돼버려서 어떻게 해야 할지 갈팡질팡하는 정신적인 공황상태였다.

모든 상황을 다 알고 난 민영이 봤을 때 태수와 혜원은 다시 이어질 가능성이 거의 희박한 것 같았다.

다른 사람도 아닌 혜원 자신이 그런 결정을 내렸을 때에는 나름대로 많은 생각을 했을 것이다. 혜원도 태수만큼, 아니, 그 이상 아플 텐데 그런 결정을 내렸을 때에는 그렇게밖에 할 수 없었기 때문이었을 것이다.

태수도 그것을 알고 있지만 이렇게 버림받는 것이 너무도 충격적이고 슬퍼서 그걸 받아들이지 못하고 몸부림을 치고 있는 것이다.

하지만 몸부림을 치면 칠수록 어찌해야 할지 방법은 보이지 않고 절망의 늪 속으로 더욱 깊이 가라앉고 있을 뿐이다.

태수를 진심으로 사랑하고 있는 민영에게 지금의 상황은 더할 나위 없는 찬스다.

그렇지만 그녀는 지금 같은 상황이 기쁘기보다는 왠지 서글프고 씁쓸한 기분을 떨칠 수가 없다.

그 이유는 아마도 태수가 너무 힘들어하기 때문일 것이다. 누군가를 진심으로 사랑하게 되면 그 사람이 괴로워하는 모습을 보는 일이 내 일처럼 괴롭다.

민영은 고승연과 함께 인사불성이 된 태수를 오피스텔 침대에 눕혀서 재우고 거실에 나와 소파에 앉았다.

"오빠 그때 이후부터 계속 술 마신 거야?"

"네."

"매일?"

"하루 걸러서……."

"큰일이네."

소파 맞은편에 앉은 고승연과 얘기를 하다가 민영은 미간을 잔뜩 찌푸렸다.

하와이 코나대회가 열흘밖에 남지 않은 상황에 태수가 이틀에 한 번 꼴로 저렇게 폭음을 해대고 있으니, 최적의 컨디션으로 만들어야 할 시기에 오히려 몸을 망치려고 작정을 하고 있는 것이다.

민영과 고승연은 소파에 마주 앉아서 한동안 아무 말도 없이 그렇게 있었다.

양주 반병을 마신 민영은 꽤 취한 상태지만 정신을 잃고 몸을 못 가눌 정도는 아니다.

"저……"

그때 고승연이 주저하면서 말문을 열었다.

"집에 급한 일이 있어서 가봐야 하는데 민영 씨에게 오빠를 부탁해도 될까요?"

"집에 무슨 일이 있어?"

"아빠가 다치셨대요."

민영은 깜짝 놀랐다.

"어쩌다가 다치셨는데?"

"미끄러운 주방 바닥에서 넘어지셨는데 팔뼈가 부러져서……"

민영은 벌떡 일어나 고승연은 내쫓는 것처럼 현관으로 내몰았다.

"그런데 오빠 때문에 붙잡혀 있었구나. 어서 가봐. 아버지 잘 보살펴 드려."

"오빠 혼자 놔두면 안 돼요."

"알았어. 걱정하지 마."

고승연을 보낸 후에 민영은 소파에 혼자 우두커니 앉아 있다가 벽시계를 보니까 밤 10시 20분이다. 그다지 늦지 않은 시간이라서 휴대폰을 꺼내 들었다.

―네. 삼겹살과 감자탕의 환상 궁합 트리플맨입니다.

"아, 사장님 계세요?"

―누구시라고 전해 드릴까요?

"타라스포츠의 이민영입니다."

―아! 안녕하세요, 총괄본부장님. 저 승연이 엄마예요.

잠시 후에 민영은 씁쓸한 기분으로 전화를 끊었다.

고승연 아버지가 다쳤다는 말에 문안차 전화를 했는데 승연 엄마 말로는 승연 아버지는 손님 접대를 하고 있으며 손가락조차도 다친 일이 없다는 것이다.

승연 엄마는 남편을 바꿔주었으며, 민영은 승연 아빠하고 어색한 인사말을 몇 마디 나누고는 전화를 끊었다.

결론적으로 고승연 아버지는 다치지 않았다. 그런데도 고승연은 거짓말을 하고는 서둘러서 가버렸다. 민영이 트리플맨에 전화 한 통화만 하면 금세 드러날 뻔한 거짓말을 한 것이다.

그 이유가 무엇인지 민영은 오래 생각하지 않고도 짐작할 수 있을 것 같았다.

고승연은 오늘밤 민영에게 태수를 돌봐달라고 맡겼다. 그리고 태수는 술에 만취했으며 혜원과의 결별로 몹시 괴로워하고 있다.

고승연은 민영에게 어떤 결단을 바라고 있는 것이다. 민영과 태수 두 사람 모두에게 이로운 결단을 말이다.

태수는 꿈을 꾸었고, 꿈속에서 혜원이 자신에게 다시 돌아와 예전보다 더욱 격렬하고 뜨거운 사랑을 나누었다.

꿈속에서의 혜원은 태수에게 깊은 키스를 하면서 눈물을 흘리며 사랑한다고 수백 번도 더 속삭였다.

한 번의 사랑이 끝난 후에 태수는 벌거벗은 싱싱한 혜원의 몸을 꼭 안고 잠이 들었다가 이른 새벽에 잠이 깨서 캄캄한 어둠 속에서 혜원과 두 번째 사랑을 나누었다.

혜원은 엎드려 있고 태수는 뒤에서 그녀를 거칠게 공격하고 있다.

후배위를 좋아하는 태수와 거기에 길들여져서 마지막에는 후배위 체위가 돼야지만 오르가즘에 도달하는 혜원이라서 자연스럽게 그런 체위가 되었다.

태수는 절정을 향해서 질주하며 부지런히 허리를 움직였다.

"아아… 오빠……."

혜원이 손으로 태수의 뺨을 어루만지면서 신음을 흘렸다.

그런데 그때 태수는 혜원의 목소리가 이상하다는 느낌이 들어 동작을 뚝 멈추었다.

"헉헉… 워나……."

"아아… 오빠, 나야……."

태수는 그 목소리가 민영이라는 사실을 깨달았다.

그런데 바로 그때 절정을 향해 치닫던 태수가 민영의 몸속 깊은 곳에서 거세게 폭발했다.

이상한 침묵이 흘렀다. 캄캄한 어둠 속에서 두 사람은 작게 헐떡이면서 움직이지 않고 가만히 있었다.

태수는 자기가 꿈을 꾼 게 아니라 현실에서 민영이와 사랑을 나누었다는 것을, 그것도 두 번이나 한 사실을 깨달았다.

지금 그의 페니스는 익숙한 혜원이 아니라 낯선 민영의 몸속에 들어가 있다.

"민영아……."

민영은 팔을 뻗어 태수가 움직이려고 하는 것을 제지하며 소곤거리듯이 말했다.

"가만히 있어."

태수는 말 잘 듣는 아이처럼 민영 위에 엎드려 누운 채 가만히 있었다. 그러고 보니까 그의 두 손은 민영의 가슴을 움켜잡고 있다. 그녀의 가슴과 이불 사이에 두 손이 짓눌린 채 꼭 끼어 있는 상태다.

"오빠가 큰 대회를 앞두고 방황하지 말았으면 좋겠어."

민영은 몸을 돌려서 태수와 마주 보는 자세를 취했다. 태수가 몸에서 내려가려고 하자 두 팔로 그의 허리를 꼭 안아서 움직이지 못하게 했다.

"오빠가 괴로워하는 모습 보니까 나 미칠 것 같았어."

"민영아……."

태수는 캄캄해서 민영의 얼굴이 보이지 않는 게 참 다행이라는 생각이 들었다.

어쩌다가 이런 상황이 돼버렸는지는 모르지만 아무래도 그가 술에 만취해서 또 무슨 큰 실수를 저지른 것만 같았다.

민영은 두 손으로 태수의 양 뺨을 살며시 잡고는 입을 맞추면서 속삭였다.

"오빠가 아무런 걱정 없이 편하게 살았으면 좋겠어."

그때 태수는 아주 잠깐 자기가 혜원이 아닌 민영을 사랑했더라면 지금쯤 어떻게 됐을 것인가를 생각해 보았다.

행복했을 것이다. 두 사람 사이에는 장애물이 아무것도 없으므로 더 높이 올라가려고 해도 올라갈 수 없을 정도로 높게 올라가서 행복을 만끽하면서 살고 있을 것이다.

민영이 태수의 혀를 가만히 잡아당겨서 부드럽게 빨았다.

태수는 마음속 저 깊은 곳에 남아 있는 혜원을 향한 한 가닥의 질긴 줄이 툭… 하고 끊어지는 느낌을 받았다.

그리고 이번에는 순전히 태수 자신의 의지로 천천히 미끄러지듯이 민영의 몸속으로 들어갔다.

될 대로 돼라는 심정도 있고, 마침내 돌파구가 보여서 그곳을 향해 죽을힘을 다해서 달려가는 기분이기도 했다.

"아아… 오빠……."

민영은 기쁨의 탄성을 터뜨리면서 두 손으로 태수의 등을 힘껏 끌어안았다.

그날 이후 태수는 술을 한 방울도 입에 대지 않고 오로지 훈련에만 열중했다.

늘 그랬던 것처럼 타라스포츠는 급성장의 고공행진을 계속하고 있으며, 민영은 정신없이 바빠서 그 일이 있던 날 이후 서울과 해외를 오가느라 태수를 만날 시간조차 없었다.

태수는 혜원과의 결별의 고통에서 빠져나온 것이 아니다. 그렇지만 민영과의 일이 있기 전처럼 한 가닥의 희망도 없는 절망의 수렁에 빠져 있지는 않다.

최소한 그는 냉정하게 현실을 인정하게 되었으며 자신이 어떻게 해야 할지 길을 찾았다.

기를 쓰고 노력을 해도 혜원을 깨끗이 잊는 것은 불가능하겠지만 될 수 있는 한 그녀에 대해서 많이, 그리고 빨리 잊으려고 노력하게 되었다.

태수와 티루네시, 그웬의 새로운 로드 바이크가 나왔다.

원래 세 사람은 세계적 명성을 자랑하는 최고가의 로드 바이크를 구입해서 타고 있었다.

하지만 그것들은 세 사람의 체형에 딱 맞는 맞춤형이 아니기 때문에 타는 동안 내내 불편했으며 최적의 자세나 기록이 나오지 않았던 게 사실이다.

그래서 타라스포츠가 새롭게 발족한 자전거 브랜드 '윈드마스터'에서 최고의 기술진이 태수, 티루네시, 그웬의 지오메트리를 분석하여 최고의 신기술을 집약하여 우선 3대의 로드 바이크를 만들어냈다.

지오메트리라는 것은 자전거 프레임의 전체적인 구조의 조합이며 프레임의 형태에 관련된 모든 스펙을 의미한다.

바이크를 타고 나면 팔이나 손이 저리거나 어깨가 결리고 허리나 무릎이 아프게 마련이다.

또한 장거리 라이딩을 하고 나면 안장통과 근육의 피로, 불편함, 통증을 느끼기도 하는데 그 이유는 자신의 체형에 맞지 않는 로드 바이크를 탔기 때문이다.

그래서 필요한 것이 지오메트리다. 각자의 체형에 맞추어서

싯튜브의 길이와 각도, 헤드튜브의 각도, 유효 탑튜브의 길이, 체인스테이, 휠베이스 등을 가장 이상적으로 설계 제작하는 것이다. 말하자면 자전거 인체공학인 셈이다.

윈드 마스터 M6로 명명된 세 사람의 로드 바이크가 첫선을 보이는 날 T&L그룹 총수이며 민영의 아버지 이중협 씨가 직접 부산 해운대에 내려왔다.

이중협 회장과 민영, 그리고 민영의 하나뿐인 10살 터울의 오빠 이영현과 비서들이 탄 차가 T&L스카이타워 앞에 멈추고 이어서 모두 차에서 내렸다.

타라스포츠 사장을 비롯한 중역들과 태수군단이 대기하고 있다가 깊숙이 허리를 굽혔다.

이중협 회장은 타라스포츠 사장, 중역들과 차례로 악수를 하다가 이윽고 정장 차림의 말쑥한 태수 앞에 멈췄다.

제58장
챌린저

이중협 회장은 악수를 청하지 않고 잠자코 태수를 물끄러미 주시하기만 했다.

태수는 작년 재계 서열 3위로 자리매김을 한 T&L그룹의 총수 앞에 두 손을 앞에 모으고 예의를 갖춘 모습으로 묵묵히 그를 마주 쳐다보았다.

이윽고 이중협 회장의 입가에 부드러운 미소가 떠올랐다.

"자네가 세계를 열광시킨 윈드 마스터로군."

슥―

큰 키에 다부진 체구, 눈가에 잔주름만 살짝 있는 잘생긴

중년 정도의 나이로 보이는 65세의 이중협 회장이 두툼한 손
을 내밀었다.

"만나서 영광일세."

"한태수입니다."

태수는 이중협 회장의 손을 두 손으로 감싸서 잡고 굽실 허
리를 굽혔다.

이중협 회장은 태수의 손을 잡고 가볍게 흔들었다.

"그룹에서는 자넬 뭐라고 부르는지 아나?"

태수는 의아한 표정을 지었다.

"뭐라고 부릅니까?"

"타라 발전기라고 한다네."

"네?"

이중협 회장은 껄껄 웃었다.

"하하하! 자네가 타라스포츠를 먹여 살린다는 뜻일세!"

"아……."

이중협 회장 양옆에 서 있는 민영과 오빠 이영현은 빙그레
미소를 짓고 있다.

깔끔한 정장을 입은 민영은 뭘 입어도 워낙 미모가 출중하
고 늘씬해서 모든 사람의 눈길을 한 몸에 받고 있다.

이중협 회장과 악수를 하고 있는 태수와 눈이 마주친 민영
은 부드러운 미소를 지었다.

4일 전 밤 그 일이 있고 나서 두 사람은 줄곧 보지 못하다가 이 자리에서 처음 만나는 것이다.

태수는 문득 민영에게 미안한 마음이 들었다. 민영은 지금껏 태수를 그림자처럼 물심양면 도우면서 한 번도 싫은 내색을 하지 않았을뿐더러 태수를 사랑하면서도 우는소리 한 번 하지 않고 항상 밝은 모습으로 묵묵히 그를 지켜보기만 했었다.

그런데 민영은 연적이라고 할 수 있는 혜원의 결별 선언으로 절망에 빠져 있는 태수를 건져주기 위해서 자신을 희생했다.

최소한 태수가 보기에는 그랬다. 민영이 아니었으면 태수는 아직도 하루 건너서 만취하며 혜원의 늪에서 빠져나오지 못하고 허우적거리고 있을 것이다.

이중협 회장이 태수 옆에 서 있는 티루네시에게 미소 지으며 손을 내밀었다.

티루네시는 태수처럼 두 손으로 이중협 회장의 손을 잡고 허리를 굽혔다.

"만나서 반가워요, 회장 옵빠."

태수군단과 민영, 이중협 회장 일행은 부산 낙동강 삼락벨로드롬으로 자리를 옮겨서 타라스포츠의 신제품 '윈드 마스터M6'의 시승식을 가졌다.

귀빈석에 민영과 이중협 회장 등이 앉아 있고 그 아래 벨로 드롬 경주로를 로드 바이크 복장을 한 태수, 그웬, 티루네시 세 사람이 신제품 '윈드 마스터M6'를 타고 일렬로 바람처럼 씽씽 달리고 있다.

'윈드 마스터M6' 개발팀장이 이중협 회장 등에게 '윈드 마스터M6'에 대해서 자세히 설명을 하고 있다.

"그런데 윈드 마스터는 알겠는데 M6는 무슨 뜻인가?"

이중협 회장의 물음에 민영이 대답했다.

"윈드 마스터가 세계6대메이저마라톤대회를 제패했으니까 메이저와 마라톤의 M, 6대회라는 뜻의 6이에요."

이중협 회장은 고개를 끄떡였다.

"그렇구나. 그런데 정말 인간의 능력으로 그런 대업을 이룰 수 있는 것이냐?"

민영은 화사하게 미소 지었다.

"그러니까 마라톤의 전설이죠."

이중협 회장은 빙그레 미소 지으며 민영의 어깨를 두드렸다.

"한태수 같은 보물을 어떻게 발굴했느냐?"

그런 질문은 이중협 회장이 처음 하는 것이다.

민영은 처음으로 아버지에게 태수와의 첫 만남에 대해서 자세하게 설명했다.

"호오……."

설명을 듣고 난 이중협 회장은 감탄을 금치 못했다.

"내가 듣기로는 그 만남은 운명이었던 것 같구나."

"그렇죠?"

"한태수를 만나지 못했다면 지금쯤 타라스포츠는 어떤 상황이겠느냐?"

"고전하고 있겠죠."

"매출은?"

"100억 정도?"

이중협 회장이 빙그레 웃는 모습을 보고 민영은 대답을 정정했다.

"어쩌면 타라스포츠는 구멍가게 수준에서 벗어나지 못하고 적자를 면하지 못했을지도 몰라요. 기존 메이저 브랜드의 벽이 워낙 높으니까요."

"민영이 너 계획서를 나한테 갖고 왔을 때는 그렇게 자신만만하더니 어째서 겸손해졌지?"

민영은 진지한 표정을 지었다.

"사업을 해보니까 알겠어요. 시장을 선점하고 있다는 것이 얼마나 중요하고 무서운 사실인가를 말이에요."

"그렇지."

"타라스포츠라는 배는 윈드 마스터라는 강력한 구동장치가 없었다면 아직도 망망대해에서 정처 없이 표류하고 있을 거예요."

"불과 일 년 전만 해도 조그만 쪽배였던 타라스포츠는 현재 수십만 톤의 거대한 상선으로 변했다."

민영은 자랑하듯 어깨를 으쓱거렸다.

"올해 총매출은 4조를 넘을 거예요."

"호오… 그 정도냐?"

"아마 순익은 7천억에 육박할걸요?"

이중협 회장은 흐뭇하게 민영을 바라보다가 시선을 태수에게 던지고 조용히 물었다.

"넌 한태수를 어찌 생각하니?"

"사랑하고 있어요."

민영은 생각해 볼 것도 없다는 듯 즉답하고는 한마디 덧붙였다.

"태수 오빠 없이는 못 살아요."

태수와 그웬, 티루네시는 10바퀴를 돌고 나서 멈추고 이중협 회장 일행이 경주로까지 내려왔다.

"타보니까 어떤가?"

이중협 회장의 물음에 태수는 헬멧을 벗고 엄지손가락을

치켜들었다.

"최고입니다."

그웬이 영어로 말을 받았다.

"조금도 불편하지 않고 마치 내 몸처럼 움직여 줘요."

이중협 회장이 티루네시를 쳐다보았다.

"마음에 들어요, 회장 옵파."

참고로 손주열이 티루네시에게 한국에서는 '오빠'가 최고의 존경을 나타내는 호칭이라고 가르쳐주었다.

그리고 이중협 회장은 티루네시의 '옵파' 호칭을 무척 마음에 들어 했다.

그날 저녁에 이중협 회장은 태수군단을 비롯한 트라이애슬론, 마라톤팀, 그리고 양 팀 코칭스태프들과 저녁 식사를 함께했다.

이중협 회장의 오른쪽에는 아들 이영현이, 왼쪽에는 민영과 태수가 앉아서 화기애애하게 식사를 하면서 반주로 와인을 마셨다.

이중협 회장은 태수하고 많은 대화를 나누었으며 대화 내용은 거의 마라톤과 트라이애슬론, 그리고 타라스포츠의 눈부신 급성장이 태수 덕분이라는 칭찬 일색이었다.

태수는 혹시 민영이 자신들의 관계에 대해서 아버지에게 애기한 것이 아닌가 생각했었으나 이중협 회장은 그런 쪽에 대해서는 한마디도 언급하지 않았다.

"한 가지 발표할 게 있습니다."

T&L그룹 본부기획조정실장을 맡고 있는 이영현이 일어나서 좌중을 둘러보며 말했다.

촉망받는 엘리트는 이런 모습이라는 모범답안 같은 외모와 복장, 성격, 언행을 두루 갖춘 이영현은 모두의 시선을 한몸에 받으면서 팔을 뻗어 태수를 가리켰다.

"그룹에서는 한 태수 씨를 타라스포츠 대외홍보상무로 임명하기로 결정했습니다."

태수는 깜짝 놀라서 들고 있던 와인잔을 내려놓으며 어쩔 줄 몰라 허둥거렸다.

이영현의 말이 이어졌다.

"또한 타라스포츠 트라이애슬론의 티루네시 디바바, 그웬 조젠슨, 마라톤의 손주열, 신나라, 마레 디바바는 타라스포츠 홍보팀 대리급 정사원으로 임명합니다."

손주열과 신나라는 놀라고 기쁜 표정을 지었고, 티루네시와 마레, 그웬은 통역을 듣고 나서 자리에서 일어나 원더풀을 외치며 환호했다.

이영현은 이번에는 나순덕과 나란히 앉아 있는 심윤복 감독을 보며 조금 정중한 자세를 취했다.

"심윤복 총감독님과 한태수 씨는 타라스포츠가 기업공개하여 상장회사가 되면 즉시 이사로 선임될 예정입니다."

나순덕은 너무 놀라고 기뻐서 심윤복 감독의 팔을 붙잡고 비명을 질렀다.

"꺄악! 선생님!"

지금까지는 태수 혼자 첫 번째 계약 때 명시한 조건으로 타라스포츠 홍보팀 과장 직급으로 있었으며, 연봉은 세금을 공제하고 실수령액이 8천만 원쯤 됐었다.

그런데 이번에 태수는 상무로 승진했으며 태수군단 5명은 대리급 정사원이 됐다. 타라스포츠가 상장회사라면 태수는 상무이사의 직함이다.

더구나 앞으로 일 년 후에 타라스포츠가 상장회사가 되면 심윤복 감독을 이사로 선임하겠다는 것이다. 그것은 태수와 태수군단뿐만이 아니라 그들을 길러낸 심윤복 감독의 공을 높이 평가했다는 뜻이다.

사실 태수를 비롯한 태수군단과 감독, 코칭스태프, 지원팀이 타라스포츠에 끼친 이익은 이중협 회장이 표현한 것처럼 발전기 그 이상이라고 할 수 있다.

큰 의미에서의 태수군단이라는 발전기가 타라스포츠 전체를 가동하는 전기를 만들어내고 있기 때문이다.

이영현 그룹기획조정실장은 마지막으로 타라스포츠 마라톤

팀과 트라이애슬론팀 코칭스태프와 지원팀 전원에게도 두둑한 보너스를 비롯한 연봉 상향 조정, 정사원은 일 계급 승진이라는 큰 선물을 안겨주었다.

타라스포츠 트라이애슬론팀의 하와이 코나대회 출전은 국내외의 관심이 매우 뜨거웠다.

타라스포츠는 자체적으로 대대적인 광고와 홍보를 하고 있으며, 국내 각 언론사들은 태수를 비롯한 티루네시, 그웬의 하와이 코나대회 출전에 대해서 앞다투어 집중적으로 방송을 내보내고 있다.

태수가 이번에는 국내에 트라이애슬론 신드롬을 불러일으키고 있는 중이다.

얼마 전까지만 해도 트라이애슬론은 국내에서 소수의 마니아만 즐기는 작은 축제에 불과했으나 태수가 세계 마라톤계를 평정하고 트라이애슬론으로 전향함에 따라서 국민들의 관심이 자연스럽게 그쪽으로 쏠렸다.

더구나 트라이애슬론이 마라톤에 수영과 사이클이 더해진 종목이라는 사실이 알려지자 태수로 인해서 마라톤에 입문했던 사람 중에서 많은 사람이 마라톤과 트라이애슬론을 함께 즐기게 되었다.

바야흐로 대한민국은 너도나도 수영과 사이클, 마라톤을

배우느라 난리법석이다.

수영장마다 콩나물시루처럼 사람이 넘쳤으며, 수영 용품, 마라톤 용품, 자전거 시장, 트라이애슬론 관련용품의 매출은 몇백 퍼센트 급신장하고, 강변이나 공원, 도로, 심지어 산악도로까지 아침저녁이면 마라톤이나 트라이애슬론 복장을 한 사람들이 파도처럼 밀려 나왔다.

태수 한 사람이 대한민국에 파급시킨 효과는 너무 거대해서 그 덕분에 수백만 명의 사람이 먹고산다는 말이 나올 정도가 되었다.

타라스포츠에서는 태수군단의 하와이 코나대회 월드챔피언십 출정에 발맞추어 로드 바이크브랜드 '윈드 마스터'의 발족, 시판을 개시하고, 여러 대대적인 이벤트를 준비했다.

타라스포츠 총괄본부장실 소파에 태수와 민영이 마주 보고 앉아 있다.

"나도 갈까?"

"어딜?"

차를 마시다가 민영이 지나가는 말처럼 툭 던지자 딴생각을 하고 있던 태수는 의아한 표정을 지었다.

"하와이. 오빠가 같이 가자고 하면 가고."

민영은 지나가는 말처럼 던졌지만 태수는 절대로 그렇게

받아들일 수 없었다.

술에 취했든, 맨정신이었든, 그는 민영을 통해서 혜원의 늪에서 벗어날 수 있었다.

그러므로 만약 그가 민영을 거부한다면 그녀를 이용한 것일 뿐이다. 그것은 인간 말종이나 하는 짓이다.

태수는 진지한 표정을 지었다.

"당연히 같이 가야지."

민영은 차를 마시면서 웃었다.

"뭘 그렇게 정색을 하고 그래?"

"그랬나?"

태수는 멋쩍게 미소 짓고는 곧 진심 어린 표정을 지었다.

"민영아, 고맙다."

민영은 가볍게 눈빛이 흔들렸으나 밝게 미소 지으며 물었다.

"뭐가?"

"모두 다."

"싱겁기는."

태수는 뻘쭘한 얼굴로 일어섰다.

"바빠서 간다."

"그래, 오빠."

탁—

문이 닫히자 민영은 창으로 가서 손가락으로 블라인드를 살짝 들어 올려 태수의 모습을 보았다.

　태수가 직원들이 일하고 있는 넓은 사무실을 지나 총괄본부를 나갈 동안 민영은 눈으로 그의 모습을 좇았다.

　태수가 사무실을 나간 후에 민영은 블라인드를 내리고 맞은편 창으로 가서 창 아래 펼쳐진 드넓은 바다를 굽어보았다.

　그렇지만 민영의 눈에는 바다가 보이지 않았다. 두 눈 가득 눈물이 고였기 때문이다. 기쁜데 왜 눈물이 나는 것인지 모르겠다.

　민영을 만나고 나온 태수는 그 길로 수현을 찾아갔다.

　수현은 호텔 트리플맨의 CEO로서 할 일이 산더미처럼 많기 때문에 호텔이 완공되기도 전에 하루 24시간이 모자를 정도로 바쁘게 보내고 있었다.

　그녀는 호텔 개업과 운영에 필요한 능력이 뛰어난 간부급 직원들을 뽑기 위해서 국내는 물론이고 해외까지 동분서주했으며, 그 결과 이미 호텔업계에서 꽤 이름이 알려진 인물을 여러 명이나 섭외해 놓았다.

　"고모님, 저 내일 하와이로 떠납니다."

　"아! 벌써 그렇게 됐어?"

수변공원과 광안대교가 훤히 내다보이는 커피숍에 마주 앉은 태수와 수현은 향긋한 커피를 마시면서 대화했다.

태수는 말을 빙빙 돌리고 싶지 않아서 본론을 꺼냈다.

"저 혜원이 잊기로 했습니다."

"⋯⋯."

커피를 입으로 가져가던 수현의 동작이 뚝 멈췄다가 눈이 커지더니 한 모금 마시고는 커피잔을 내려놓았으나 아무 말도 하지 않았다.

"혜원이 잊을 겁니다."

수현이 못 알아들었다고 생각해서 태수는 다시 말했다.

그러나 수현은 못 알아듣지 않았다. 다만 큰 충격을 받았을 뿐이다. 태수가 혜원이를 잊는다는 게 아니라 그보다 더한 말을 해도 수현으로서는 뭐라고 할 말이 없다.

혜원이 태수를, 그리고 태수가 혜원이를 얼마나 사랑하는지 누구보다 잘 알고 있는 수현이기 때문에 태수가 이런 결정을 내리기까지 어떤 절망과 고통을 겪었을지 짐작할 수 있었다.

수현은 차마 태수 얼굴을 똑바로 쳐다보지 못하고 고개를 푹 숙였다.

이런 상황이 돼버린 것은 순전히 혜원 아버지 한 사람 때문이지만 그와 피를 나눈 남매라는 이유로 그녀는 이 생살을 찢는 이별의 죄가 자신에게도 조금쯤은 있을 것이라는 죄책감이 들었다.

"고모님."

"으… 응."

태수가 부르는데도 수현은 고개를 들지 못하고 눈물이 커피잔으로 뚝뚝 떨어지기만 했다.

"전 괜찮습니다."

"태수야……."

"혜원이에게 행복하라고 전해주십시오."

수현이 고개를 들어 쳐다보자 태수는 어금니를 악물고 창밖의 바다를 보고 있다.

태수 눈이 발갛게 충혈되고 촉촉하게 젖은 것을 보고 울지 않으려고 애쓴다는 사실을 알았다.

수현은 뭐라고 위로의 말을 해줘야 하는데 무슨 말을 해야 할지 머릿속이 새하얗게 비어서 아무 말도 생각이 나지 않았다.

태수가 일어났다.

"바쁘실 텐데 일어나시죠."

수현은 태수를 따라서 밖으로 나와 주차장으로 향했다.

수현의 차 앞에서 태수는 그녀에게 꾸벅 고개를 숙였다.

"가보겠습니다."

"태수야."

돌아서는 태수를 수현이 불렀다.

"나… 호텔 일 그만둘래."

태수는 깜짝 놀랐다가 곧 부드러운 표정을 지었다.

"호텔은 혜원이하고 아무 상관없어요. 전 고모님의 능력을 믿고 투자한 겁니다."

"그래도……."

수현은 태수의 확실한 대답을 듣고 싶었는지도 모른다.

"혜원이하고 호텔은 별개입니다. 저는 투자자고 고모님은 제가 임명한 사장이라는 사실은 변함이 없습니다."

수현은 마음이 더할 나위 없이 착잡했다.

태수는 정면에 서서 두 손을 뻗어 수현의 양어깨에 얹었다.

"고모님이 훌륭하게 해내실 거라고 믿습니다."

태수는 돌아서서 자신의 벤틀리로 걸어가 고승연이 열어주는 뒷자리에 탔다.

부우—

벤틀리가 떠나고 한참이 지나도록 수현은 그 자리에서 움직이지 않았다.

10월 11일 타라스포츠 트라이애슬론팀은 인천공항을 출발하여 하와이로 향했다.

태수와 그웬, 티루네시. 민영을 비롯하여 심윤복 총감독 부부와 코칭스태프, 지원팀 도합 23명이다.

일명 코나대회로 불리는 아이언맨 월드챔피언십이 열리는 날은 10월 15일 토요일이지만 태수 일행은 현지 적응 훈련과 시차적응을 위해서 일찌감치 출발했다.

퍼스트클래스의 통로 하나를 사이에 두고 태수와 민영이 나란히 앉아 있다.

"오빠, 엠마 잭슨 잘 알아?"

민영이 태수를 보면서 물었다.

"아니, 왜?"

아이언맨 인천송도 70.3대회 시상식 때 엠마가 시상대에 뛰어올라서 태수에게 키스를 퍼부었지만 민영은 거기에 대해서는 한마디도 하지 않았다.

"잭슨이 타라스포츠에 컨택이 왔어."

"뭐라고?"

"타라스포츠에 들어오고 싶대."

엠마 잭슨은 취리히대회에서 태수에게 타라스포츠와 계약하고 싶으니까 도와달라고 요청했었지만 태수는 정중하게 거절했었다.

그랬던 엠마가 코나대회를 앞두고 본격적으로 타라스포츠에 직접 연락을 해왔다는 것이다.

민영이 보기에 태수는 엠마의 컨택에 별로 관심이 없는 것 같았다.

"코나에서 잭슨하고 미팅하기로 했어."

"그래?"

"오빠 생각은 어때?"

"뭐가?"

"잭슨 어떻게 하는 게 좋을 거 같아?"

태수는 엠마의 구릿빛 건강하게 아름다운 얼굴과 미끈하면서도 탄탄한 근육질의 몸매가 얼핏 떠올랐다.

"그거야 경영진이 평가할 일이지 내가 뭘 알겠어?"

"같은 선수니까 오빠가 더 잘 알 것 아냐. 그웬하고 잭슨을 비교하면 어때?"

"음. 막상막하하겠지."

"그렇지? 내가 보기에도 그래."

태수는 문득 헨리가 생각났다.

"헨리는 연락 없었어?"

"응. 왜?"

"심 감독님이 헨리를 탐내시는 것 같아서."

민영은 고개를 저었다.

"오빠가 있으니까 트라이애슬론 남자 선수는 필요 없어."

태수는 씁쓸한 표정을 지었다.

"난 킹코스에서 우승권하고는 거리가 멀어."

민영은 엄지손가락을 치켜세웠다.

"상관없어. 오빠는 그냥 존재한다는 것 자체가 타라스포츠의 간판이니까."

이른 아침에 호놀룰루공항에 도착한 태수 일행은 코나대회가 열리는 빅아일랜드 코나로 이동하기 위해서 항공기를 갈아탔다.

태수 일행은 코나대회가 열리는 카일루아 코나의 엉클빌리스 코나베이호텔에 여장을 풀고 한 시간 정도 휴식을 취한 후에 코스 답사에 나섰다.

제일 먼저 수영 경기가 벌어질 카일루아만에 나가보았다.

카일루아만에는 대회를 위한 준비 작업이 한창이다. 반환점 부표와 라인을 설치하고 바꿈터 곳곳을 세밀하게 정비하는가 하면, 일찍 도착한 선수들이 수영훈련과 로드 바이크를 체크하는 모습이 분주하다.

이어서 로드 바이크 코스와 마라톤 코스를 답사하기 위해서 12인승 밴에 탑승한 사람은 태수와 그웬, 티루네시, 민영, 심윤복 총감독, 그리고 수영 코치와 로드 바이크 코치다.

쿠아키니 하이웨이와 하와이 벨트로드, 알리이 드라이브를 2회 일주하는 것이 로드 바이크 코스다.

태수가 봤을 때 코나대회 로드 바이크 코스에 비하면 취리히는 양반이다.

취리히는 산악지대 약 30㎞를 제외하면 대부분 평지인데 코나대회는 평지와 긴 오르막, 긴 내리막이 골고루 뒤섞여 있어서 사람을 잡을 것 같았다.

평지가 절반이고 오르막과 내리막이 절반씩 섞여 있는데 야트막한 오르막이 몇십㎞에 걸쳐서 뻗어 있고 그 너머는 야트막한 내리막이 몇십㎞에 걸쳐서 이어져 있다.

라이딩을 하기에는 야트막하고 긴 오르막보다는 가파르고 짧은 오르막이 훨씬 수월하다.

야트막하면서도 긴 오르막은 한마디로 선수들의 진을 다 빼버린다.

그런 주로에서는 높은 기어를 놓기도 그렇고 저단 기어로 오랜 시간을 달리면 허벅지가 파열하는 것 같아서 이런 코스가 바로 마의 코스인 것이다.

그렇다고 긴 내리막이 수월하냐면 그것도 아니다. 야트막한 내리막이라서 평지와 다를 바 없다.

보통 오르막은 힘겹게 오르고 나면 반대편 내리막에서는 쉽고 편하게 내려가면서 보상을 받게 마련인데 여긴 그런 기대를 산산이 부숴 버린다.

마라톤 코스도 로드 바이크하고 같은 코스다. 다른 점이 있다면 로드 바이크는 180㎞이고 마라톤은 42㎞라는 점이다.

코나에 오기 전에 코스에 대해서 설명은 들었지만 막상 코스를 직접 답사해 보니까 기가 질려 버렸다. 설명으로 들은 것보다 10배는 더 난코스다.

무엇보다 더 큰 문제는 강한 바람이다. 오늘 현재 바람은 그다지 강한 편이 아니지만 대회 당일 강풍이 분다면 기록에 큰 영향을 끼칠 수가 있다.

수영 코치 마이크와 로드 바이크 코치 듀랑은 코나대회에 자신이 가르치던 선수와 함께 10번 이상 와본 사람들이라서 전체 코스를 훤하게 꿰고 있다.

태수 일행은 카일루아만과 로드 바이크 코스를 한 번 더 돌면서 두 코치로부터 수영과 라이딩을 어떻게 할 것인지 귀가 닳도록 설명을 들었다.

저녁 식사를 하면서 심윤복 감독은 태수와 그웬, 티루네시에게 당부했다.

"월드챔피언십 코나대회에 비하면 취리히대회는 10%대회라고 할 수 있다."

취리히대회 때는 트라이애슬론 세계 정상급 선수가 10%밖에 참가하지 않았었는데 코나대회에는 내로라는 선수가 모조리 참가했다는 뜻이다.

"전문가들의 예상과 우리 코칭스태프의 분석에 따르면 태수가 우승할 확률은 2.58%다."

민영이 어이없다는 표정을 지었다.

"그것밖에 안 돼요?"

심윤복 감독이 냉정한 표정으로 말했다.

"그것도 우리 코칭스태프가 점수를 후하게 줘서 그렇지 전문가들은 1%대예요."

"피잇, 김빠져."

"그웬은 6.17%이고 티루네시는 3.43%야."

민영은 주먹을 쥐고 자기 손바닥을 두드렸다.

"그웬은 취리히대회에서 우승했는데도 6.17%밖에 안 된다고요? 더구나 티루가 태수 오빠보다 높다니 이거 분석 제대로 한 거 맞아요?"

"올해 코나대회는 그웬보다 실력이 좋은 여자 선수가 많아요. 그리고 남녀 성비율은 72%와 28%예요. 여자 선수가 압도적으로 적기 때문에 티루네시의 확률이 높은 겁니다."

민영은 인정하고 싶지 않은 부분이 많은가 보다.

"도대체 그웬보다 실력이 좋은 여자 선수가 누구라는 건가요? 또 많으면 얼마나 많은데요?"

"월드챔피언십 우승자라고 하면 이해가 되겠어요? 그런 여자 선수가 4명이고, 메이저대회 킹코스에서 최소 3번 이상 우승한 경력이 6명, 2번 이상 우승자 12명, 한 번 우승자가 18명이에요."

"뭐가 그렇게 많아요? 메이저대회가 한 해에 100회라도 열리는 건가요?"

심윤복 감독은 차분히 설명했다.

"참가자 중에 31세에서 40세까지가 32%로 가장 많아요. 그다음이 41세에서 50세 31%이고, 51세에서 60세까지와 21세에서 30세까지가 각각 14%로 같아요. 그리고 61세에서 70세가 6%. 71세 이상도 2%나 됩니다."

"와아… 굉장하군요."

민영은 나이 많은 사람이 압도적으로 많다는 사실에 적잖이 놀란 표정을 지었다.

"나이가 많으니까 커리어가 많을 수밖에 없는 겁니다. 예를 들어 남자 선수인 크랙 알렉산더는 39살이고 월드챔피언 3회 우승에 메이저대회 킹코스 12회 우승입니다. 그런 선수가 수두룩한 대회에 태수나 그웬, 티루네시가 한번 해보자고 출사표를 던진 겁니다. 아시겠습니까, 단장님?"

"잘 알겠습니다."

민영은 깍듯하게 고개를 숙였다. 그녀는 이번 타라스포츠 코나대회원정단의 단장이라는 감투를 썼다.

심윤복 감독은 마무리를 했다.

"이번 대회 엘리트 선수는 240명이고 아마추어가 1,700명이다. 우린 앞으로도 기회가 많으니까 경험 삼아서 뛰는 거다. 그러니까 목숨 걸고 달릴 필요까지는 없다."

저녁 식사 후 8시 30분이 돼서야 겨우 태수군단에게 자유 시간이 주어졌다.

민영이 태수하고 단둘이서 오붓하게 코나해변을 거닐면서 데이트를 해볼까 하고 태수에게 말을 꺼내려는데 타라스포츠 지원요원 한 명이 들어와서 알렸다.

"본부장님, 엠마 잭슨이 찾아왔습니다."

민영은 또 김이 빠졌으나 엠마 잭슨을 모른 체할 수는 없는 일이라서 태수와 함께 일어섰다.

"같이 가봐, 오빠."

두 사람이 나가려는데 잠시 밖에 나갔던 그웬이 들어왔다.

"허니, 바빠?"

"엠마 잭슨이 계약 문제로 찾아와서 만나러 가는 길이야."

태수는 그웬이 뭔가 할 말이 있는 것 같은 표정이라서 나가다 말고 물었다.

"무슨 일 있어, 그웬?"

그웬은 쭈뼛거렸다.

"엄마하고 가족들이 나 만나러 왔어. 허니를 소개하고 싶은

데……."

"그래?"

태수는 반색했다.

"그럼 만나야지. 가자."

태수가 서둘러 밖으로 나가자 그웬이 조심스럽게 물었다.

"엠마는 어떻게 하고요?"

태수는 간단하게 대답했다.

"기다리라고 하지, 뭐."

호텔 로비는 많은 사람으로 북적이고 있었지만 태수는 로비를 한 번 둘러보고는 그웬의 가족을 즉시 발견했다.

그웬의 엄마와 3명의 동생은 한쪽 의자에 나란히 앉아 있었는데, 다른 사람들은 모두 자연스러운 데 비해서 그녀들은 마치 꿔다놓은 보릿자루 같은 모습이어서 태수 눈에 금세 띈 것이다.

50대 중반으로 보이는 수수한 옷차림의 서양 여자는 태수와 그웬, 민영이 자신들을 향해 걸어오는 것을 발견하고 놀라는 얼굴로 벌떡 일어섰다.

그녀가 일어서자 10대로 보이는 아이 3명도 반사적으로 우르르 따라 일어났다.

"맘!"

그웬이 반갑게 다가가서 엄마 옆에 나란히 서더니 그녀의 손을 잡았다.

태수가 보니까 그웬의 미모는 엄마에게 물려받은 것 같다. 그웬에게 듣기로는 엄마의 나이가 46세라고 했는데 고생을 많이 한 탓에 50대 중반으로 보였다. 그런데도 키가 크고 늘씬하면서 주름이 자글자글한 얼굴에 자상한 미모를 유지하고 있었다.

그웬이 태수를 소개하기도 전에 엄마는 벌써부터 태수에게서 시선을 떼지 못하며 눈물을 흘리고 있었다.

"맘, 이 사람이 윈드 마스터예요."

태수는 그웬 엄마에게 한국식으로 꾸벅 허리를 굽혔지만 인사는 영어로 했다.

"만나서 반갑습니다. 한태수입니다."

그웬 엄마는 다짜고짜 떨리는 목소리로 요구했다.

"당신을 한번 안아봐도 될까요?"

태수는 빙그레 미소 지으면서 두 팔을 벌렸다.

"그러십시오."

두 사람은 서로를 깊게 포옹했다. 태수는 그웬 엄마에게서 따스함을, 그웬 엄마는 태수에게서 든든함을 느꼈다.

그웬 엄마는 태수의 가슴에 얼굴을 묻고 몸을 가늘게 떨면서 작게 흐느껴 울었다.

"고마워요. 당신이 그웬과 우리 가족을 절망에서 구해주었어요. 정말 고마워요."

태수는 그웬 엄마의 등을 쓰다듬었다.

"그웬은 타라스포츠를 살려주고 있습니다."

"과찬의 말씀을……."

그웬 엄마는 두 팔로 태수의 허리를 풀지 않은 상태에서 고개를 들고 그를 바라보았다.

"당신이 그웬과 우리 가족에게 베푼 은혜는 말로 설명할 수 없을 정도예요."

"저는 그웬의 진가를 정확하게 간파했을 뿐입니다."

그웬 엄마는 눈물을 흘리면서 눈부신 듯한 표정을 지었다.

"과연… 당신은 그웬 말대로 겸손하군요."

태수는 몸 둘 바를 모르며 옆에 서 있는 민영을 가리켰다.

"이 사람이 타라스포츠의 보스입니다. 그웬의 능력을 거액에 계약한 사람이지요."

그웬 엄마는 비로소 태수에게서 팔을 풀고 민영의 손을 잡으며 정중한 태도를 취했다.

"정말 고마워요."

민영은 우아하게 미소 지었다.

"제가 한 일은 윈드 마스터의 확신을 믿은 것뿐이에요. 처음에 저는 그웬의 능력을 반신반의했어요. 그렇지만 윈드 마스터가 그녀를 강력하게 추천했고 저는 다만 윈드 마스터를 믿었어요."

그웬 엄마는 태수와 그웬을 번갈아 쳐다보며 눈물을 흘렸다.

"어쩌면 당신들은 겸손한 것까지도 닮았나요?"

태수와 민영은 그웬 가족과 한 시간 동안 화기애애한 분위기 속에서 함께 보냈다.

그웬 엄마는 그웬이 타라스포츠와 맺은 첫 번째 계약금으로 보내준 300만 달러로 위스콘신 시내의 5층짜리 빌딩을 사려는 계획을 세웠다.

그 빌딩 일 층에는 그웬 엄마가 일하던 레스토랑이 있으며, 빌딩이 700만 달러에 매물로 나왔는데 모자라는 400만 달러는 은행에서 대출을 받으려는 계획이었다.

그런데 그웬이 타라스포츠와 무려 1,200만 달러에 재계약을 하여 계약금을 모두 엄마에게 보내주니까 은행에서 대출을 받지 않고서도 빌딩을 살 수 있게 되었으며 그러고서도 500만 달러나 남았다.

더구나 그웬은 앞으로 3년 동안 타라스포츠에서 매년 120만 달러의 연봉을 받게 되어서 그웬 엄마는 이제 더 이상 돈 때문에 아등바등하지 않아도 좋았다.

매달 단돈 몇 달러 때문에 일희일비하는 생활의 연속이었으나 그런 것들이 모두 사라졌다.

이 모든 것이 오로지 태수의 은혜라고 굳게 믿는 그웬 엄마와 가족은 태수에게서 한시도 눈을 떼지 못했다.

그러나 그웬 엄마와 가족들이 태수에게 온 신경을 쏟고 있는 또 다른 이유가 있었다.

"그런데 태수 씨."

이윽고 그웬 엄마가 정말로 궁금하게 여기던 것을 매우 진지하게 물었다.

"우리 그웬하고 언제 결혼할 예정인가요?"

태수는 엠마를 만나러 가는 길에 민영으로부터 진지한 질문을 받았다.

"오빠, 그웬한테 결혼하자고 그랬어?"

"민영아……."

태수는 너무 어이가 없어서 걸음을 멈췄다.

"그냥 궁금해서 묻는 거야."

"너 그걸 말이라고 하는 거냐?"

"기분 나빴으면 미안해."

민영은 사과하고는 그 일에 대해서는 더 이상 아무 말도 하지 않았다.

그렇지만 태수는 기분이 개운할 리가 없다. 민영이 아무렇게나 던진 칼이 가슴에 꽂힌 기분이다.

나란히 걸으면서 민영이 이번에는 엠마와의 미팅에 대해서 말하는데 한마디도 태수 귀에 들어오지 않았다.

도대체 민영이가 날 어떻게 생각하기에 그웬한테 결혼하겠다는 말을 했느냐고 묻는 것인지 머리가 복잡했다.

물론 태수는 그웬에게 결혼하겠다는 말을 한 적도, 결혼하고 싶은 생각도 눈곱만큼도 없다.

혜원이하고 쓰라린 이별을 했으며 이제 민영이하고 뭔가 잘해보려고 애쓰는 상황인데 그웬하고 결혼하겠다는 생각이 들겠느냐는 말이다.

그러다가 갑자기 태수는 무슨 생각에 걸음을 뚝 멈추었다.

조금 전에 그웬 엄마가 태수에게 '그웬하고 언제 결혼할 예정이냐'고 물었던 것이 생각났다.

그랬다는 것은 그웬이 태수하고 결혼을 하고 싶은 마음이 있으며, 또한 그녀가 그런 생각을 하게끔 태수가 행동을 했다는 뜻이다.

'뭐야, 이건…….'

민영은 어떤 의도를 갖고 그런 말을 한 게 아니다. 그웬 엄마가 그런 말을 하니까 혹시 태수에게 그런 마음이 있는 게 아닌가 해서 물어본 것이다.

물론 그렇게 묻는 민영의 마음은 복잡하기 짝이 없지만 전혀 내색하지 않았다.

평소에 민영은 자기가 태수에 대해서는 잘 안다고 자부하지만 여자 문제만큼은 자신이 없었다.

태수가 혜원을 사랑하는 것은 분명한 사실이지만, 그가 다른 여자들에게 행동하는 걸 보면 바람둥이 기질이 있는 것 같기도 했다.

태수가 이 여자 저 여자 집적거리는 건 아니지만, 여자들이 대시를 하면 그는 강하게 뿌리치거나 그러면 안 된다고 따끔하게, 그리고 엄격하게 반응하지 않았다.

그러니까 여자들이 태수가 자길 좋아하고 있다는 착각을 하게 되는 것이다.

"오빠, 뭐해?"

태수가 멈춰서 복잡한 표정으로 생각에 잠겨 있는 걸 보고 민영은 걸음을 멈추고 돌아보며 물었다.

태수는 민영의 말이 들리지 않았다. 자신이 무엇을 잘못하고 있는지 지금 그걸 깨닫고 있는 중이기 때문이다.

그웬만이 아니다. 엠마는 시상대에 올라와서 태수에게 서슴없이 키스를 퍼부었으며, 그에게 이성으로서 관심을 갖고 있는 게 분명하다.

그러니까 엠마가 태수에게 대시를 하는 것이고 지금은 타라스포츠와 계약을 하겠다고 직접 찾아왔을 것이다.

'그래, 내가 여자들에게 헤픈 거다.'

남들은 다 알고 있는 사실을 태수는 이제야 깨달았다.

생각해 보면 태수는 어려서부터 외롭게 성장한 탓에 외로움을 잘 타고, 또 모진 성격이 아니라서 여자들의 그런 행동에 수동적으로 행동했었지만 그걸 즐겼던 것은 아니다.

어쨌든 무조건 그가 잘못한 거다. 입이 백개라도 할 말이 없다. 그런 식으로 헤프게 행동을 하니까 여자들이 오해를 하는 게 당연하다.

"오빠, 왜 그래?"

"아무것도 아냐."

민영이 다가오는 것을 보고 태수는 다시 걸음을 옮기며 애써 미소를 지었다.

지금 태수는 혜원을 완전히 잊지 못했지만, 아니, 잊는다는 자체가 불가능하겠지만, 그렇다고 민영하고의 관계를 마냥 미지근하게 끌고 갈 수는 없다.

민영은 늘 변함이 없었다. 이제 변해야 하는 사람은 태수인 것이다.

엠마는 한 시간 넘게 기다렸지만 전혀 짜증을 내지 않은 상태로 태수와 민영을 맞이했다.

"헤이, 베이비. 잘 있었어?"

엠마는 반갑게 다가와서 포옹을 하려고 했으나 태수는 슬쩍 외면하고 민영이 앉을 수 있도록 의자를 빼주었다.

그러나 엠마는 그러려니 하는 표정으로 제자리에 앉았다.

결과적으로 말한다면 엠마는 타라스포츠와 계약하는 것을 포기했다.

태수가 자리에 앉자마자 한 말 때문이다.

"엠마, 나는 이 여자를 사랑하고 있어."

그렇게 말하면서 태수는 옆에 앉은 민영의 어깨를 팔을 뻗어 부드럽게 안았다.

그렇게 엠마와의 미팅은 5분 만에 끝났다. 엠마는 아무렇지도 않다는 듯 웃으면서 떠났고, 이후 민영은 그 일에 대해서는 한마디도 하지 않았다.

태수는 자신의 방에 돌아와서 그때부터 이번 대회의 작전을 다시 한 번 검토하기 시작했다.

우승은 언감생심 꿈도 못 꿀 일이다. 전문가들과 타라스포츠 코칭스태프는 태수의 우승 확률이 2.58%라고 말해주었다.

그러나 태수가 생각하기에는 2.58%도 많다. 세계 정상급선수가 10%밖에 참가하지 않은 취리히대회에서 태수는 17위를 하고 선전했다는 평가를 받았었다.

그런데 정상급 선수들이 깡그리 출전한 코나대회에서는 우승 확률이 아예 0%라고 해도 틀린 말이 아닐 것이다.

태수는 하도 읽어서 글자까지 달달 외우고 있는 자료들과 코칭스태프가 만들어준 작전 계획서를 읽고 또 읽었다.

다음 날 아침 식사를 하자마자 태수는 타라스포츠 지원팀 직원이 모는 SUV를 타고 고승연과 함께 또다시 코스 답사에 나섰다.

태수는 처음에는 로드 바이크 180km와 마라톤 42km를 그냥 한 번 돌고 나서, 두 번째부터는 세밀하게 조사와 분석을 해나갔다.

그러면서 자료와 코스를 비교하면서 나름대로 자신의 생각을 따로 차근차근 정리해 나갔다.

코칭스태프는 전체적인 코스의 공략과 체력의 안배 같은 것들을 작성해 주었고, 태수는 각 코스를 몇 km 단위로 쪼개서 세밀하고 구체적인 작전을 덧붙였다.

이를테면 어느 오르막의 경사도는 몇%이고 길이가 얼마이며, 거기는 로드 바이크의 기어를 몇에 놓고 공략을 할 것이며, 평지나 다름이 없는 내리막에서는 최대한 가속도를 붙여서 속도를 올려야겠다는 식의 지나칠 정도로 세부적인 작전을 세웠다.

태수는 갖고 온 빵과 우유로 간단하게 점심 식사를 때우고 석양이 빅아일랜드를 온통 붉게 물들일 때까지 코스 답사와 조사, 분석을 계속했다.

태수는 지금까지 참가했던 마라톤대회나 2번의 트라이애슬론대회에서 최선을 다했었지만 이번 코나대회에서는 그보다 더 전력을 다해서 뛰어볼 각오다.

그러는 것이 혜원과의 결별을 극복하고 또 자신이 여러 여자에게 헤픈 행동을 했던 것에 대해서 민영에게 용서를 구하는 길이라고 생각했다.

태수 일행이 숙소인 호텔로 돌아오자 민영을 비롯한 모두들 호텔 입구까지 나와서 기다리고 있었다.

SUV를 운전한 타라스포츠 지원팀 직원이 틈틈이 민영에게 전화를 해주었기 때문에 태수가 어디에서 무엇을 하고 있는지는 알고 있어서 민영 등은 걱정을 하지는 않았다.

하지만 태수가 전에는 하지 않았던 행동을 하고 있어서 무슨 일이 있는 것인지 매우 궁금하게 생각하고 있었다.

"오빠, 괜찮아?"

민영이 가까이 다가오면서 묻자 태수는 팔로 그녀의 어깨를 감싸고 호텔로 들어가며 가볍게 웃었다.

"배고프다. 밥 먹자."

저녁 식사 후에 태수는 자신이 코스를 세밀하게 조사, 분석하면서 세운 구체적인 작전을 일단 심윤복 감독과 마이크, 듀랑 코치에게 보여주면서 자세하게 설명했다.

설명을 듣고 난 심윤복 감독과 두 명의 코치는 매우 훌륭한 작전이라며 무릎을 치면서 감탄했다.

이후에 태수는 티루네시와 그웬을 자기 방으로 불러서 테이블에 코스맵을 펼쳐놓고 새로 세운 작전에 대해서 자세히 설명했다.

"와우! 대단해! 허니!"

"태수, 이대로 하면 기록을 많이 단축할 수 있겠어!"

그웬과 티루네시는 손뼉을 치며 크게 기뻐했다.

"티루, 그웬, 이 작전을 잘 숙지하도록 해."

경기에는 자료와 계획서를 갖고 갈 수가 없기 때문에 무조건 외우는 수밖에 없다.

밤 9시쯤 태수는 반팔 티셔츠와 7부 바지 차림으로 호텔 밖 알리이 드라이브웨이에 나왔다.

오늘 하루 많은 일이 있었고, 그중에서도 태수의 마음을 가장 많이 괴롭힌 일은 자신이 여자들에게 헤프게 행동했다는 사실을 깨달았다는 점이다.

그는 어수선한 마음을 달래려고 산책을 겸해서 가볍게 조깅을 할 생각이다.

타타탁탁탁탁—

㎞당 5분의 페이스로 천천히 달리기 시작했고, 바로 뒤에서 고승연이 로드 바이크에 라이트를 켜고 따라왔다.

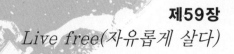

제59장
Live free(자유롭게 살다)

바닷가에 인접한 왕복 2차선 도로는 가로등 하나 없이 어둡기 짝이 없다.

뒤따르는 고승연의 로드 바이크 핸들에 부착한 2개의 LED 라이트가 그나마 태수 앞쪽을 밝히고 있다.

호텔을 나선 태수는 현재 4㎞쯤 달리고 있는 중이다. 밤이고 더구나 거리 표시마저 없지만 그의 계산은 정확하다. 지금 거리를 측정한다면 4㎞에서 기껏 해봐야 몇십 미터 차이가 날 것이다.

오늘 밤은 10㎞만 달릴 생각이다. 테이퍼링도 중요하지만 달리는 감각을 잃지 않는 것이 더 중요하다.

5km는 조깅으로 천천히 달리고 돌아갈 때 5km는 스피드를 내서 km당 2분 40초 정도의 속도로 달릴 것이다.

그때 달리고 있는 태수의 전방 도로가 왼쪽으로 급하게 굽었는데 느닷없이 왼쪽에서 한 줄기 가느다란 불빛과 로드 바이크 한 대가 나타났다.

자아아—

"앗!"

"왓!"

뒤따르는 고승연의 로드 바이크에 부착된 LED라이트는 기껏해야 10m 전방을 비출 뿐이기 때문에 왼쪽으로 꺾어진 도로 전방에서 갑자기 튀어나오는 로드 바이크를 뒤늦게 발견하여 충돌 위기에 놓였다.

태수는 급히 옆으로 피해서 부딪치는 것을 면했으나 마주 오던 로드 바이크는 놀라서 방향을 바꾸려다가 사람과 함께 코너에서 미끄러졌다.

가가가각…….

"흐윽……."

태수는 급히 쓰러진 사람에게 달려가고 고승연은 로드 바이크를 세우고 핸들에서 LED플래시 하나를 떼어서 비추면서 달려왔다.

"Did you hurt yourself(다쳤습니까)?"

태수는 어두컴컴한 아스팔트에 쓰러져 있는 사람 옆에 한 쪽 무릎을 꿇고 그 사람의 어깨에 손을 얹으며 물었다.

곧 달려온 고승연이 플래시를 비추고 그 사람의 모습이 나타나자 태수는 자신도 모르게 움찔 놀랐다.

로드 바이크에 깔려 있는 사람의 두 다리가 플래시 불빛에 반사되어 검게 빛났기 때문이다.

'의족?'

고승연이 플래시를 제대로 비추자 그 사람의 두 다리 무릎 아래의 시커먼 의족이 드러났다.

발목 부위는 가느다란 쇠뭉치였으며 그 아래 신발이 신겨져 있는데 로드 바이크 페달에 고정되어 있었다. 클릿슈즈를 신고 있는 것이다.

태수는 깜짝 놀라서 그 사람의 클릿슈즈와 페달을 분리시켜주려고 손을 뻗었다.

"I'm OK!"

그런데 그 사람은 또렷하게 말하면서 자기 스스로 발목을 슬쩍 비틀어서 클릿슈즈와 페달을 분리했다.

"내가 부축하겠습니다."

태수는 그 사람의 오른팔을 잡고 자신의 어깨에 걸치려다가 다시 한 번 놀랐다.

그 사람의 오른팔은 팔꿈치 아래가 보이지 않았다. 태수의 손에 잡힌 것은 팔꿈치 아래쪽에 난 기형적으로 돌출된 두 개의 손가락이었다. 그나마도 손가락 한 마디 길이로 매우 짧았다.

태수는 꽤 놀랐으나 다시 그의 오른팔을 제대로 어깨에 걸치고 팔로 허리를 잡아 일으켜 주었다.

그는 일어나서 자신의 로드 바이크를 세우고는 태수를 보며 정중하게 사과를 했다.

"미안합니다. 사람이 오는 것을 보지 못했습니다."

"아니, 내 잘못입니다. 다치지 않았습니까?"

태수는 그 사람이 30대 초반의 히스패닉계 남자이며 트라이애슬론 로드 바이크 복장을 하고 있다는 사실에 세 번째로 놀랐다.

불구의 몸으로 마라톤을 하는 사람은 봤었지만 이 정도의 심한 장애를 지닌 몸으로 트라이애슬론을 하는 사람은 본 적도, 그런 사람이 있다는 사실을 들은 적도 없었다.

그는 오히려 태수의 몸을 살폈다.

"나는 괜찮습니다만 당신이야말로 괜찮습니까?"

태수는 미소 지으며 두 팔을 벌려 보였다.

"나는 아무렇지도 않습니다."

태수는 두 다리가 무릎 아래로 없으며 오른팔이 팔꿈치에서 절단된 이른바 삼지절단의 사람이 의족을 하고 로드 바이크를 타고 있다는 사실 하나만으로 이미 이 사람에게 적잖은 존경심이 생겼다.

그 사람은 자신의 의족을 한 다리를 굽어보면서 천연덕스럽게 말했다.

"하하! 내 사이보그 다리 덕분에 다치지 않았습니다."

사지가 멀쩡한 사람이었다면 반바지를 입은 상태에서 조금 전처럼 로드 바이크와 함께 미끄러지면서 쓰러졌다면 심한 찰과상을 입었을 것이다.

하지만 그의 다리는 의족이라서 거친 아스팔트에 미끄러지면서 조금 긁혔을 뿐 상처를 입지는 않았다.

그는 자신의 두 다리가 없으며 의족을 했다는 사실을 조금도 부끄러워하지 않고 오히려 '사이보그 다리'라고 유머러스하게 웃어넘겼다.

그가 태수에게 불쑥 오른손을 내밀었다.

"나는 르제이쉬 듀발이라고 합니다."

태수도 오른손을 내밀었다.

"한태수입니다."

듀발은 왼손으로 로드 바이크를 잡고 있기 때문에 오른손을 내밀 수밖에 없는 상황이다.

그렇지만 그의 오른손은 팔꿈치 밖에 없으며 그곳에 기형적으로 갈라진 두 개의 손가락이 있을 뿐이라서 태수는 어떻게 해야 할지 잠시 난감했다.

듀발은 오른팔 팔꿈치의 기형적 손가락 두 개를 꼼지락거리면서 미소 지었다.

"여기가 손입니다. 거길 잡으면 악수라는 이름의 형태가 될 것입니다. 하하!"

태수는 듀발의 손가락을 잡고 가볍게 흔들었다.

듀발은 태수를 보면서 싱그럽게 웃었다.

"나와 악수하는 것이 이상하지 않습니까?"

태수는 빙그레 미소 지었다.

"솔직히 색다른 경험입니다."

"하하! 좋은 경험이길 바랍니다."

태수는 이쯤에서 호텔로 돌아가기로 했다. 그는 왼손으로 로드 바이크를 잡고 걷는 듀발과 나란히 걸으면서 대화를 나누었고, 고승연은 뒤에서 플래시를 비추면서 역시 걸어서 따라왔다.

태수가 듀발의 로드 바이크를 대신 끌고 가겠다고 말하자 그는 정중하게 사양했다.

"나는 내 애인을 남에게 맡기지 않습니다."

그는 로드 바이크를 애인이라고 표현했다.

태수가 보니까 그의 로드 바이크는 트랙(Trek)이며 한화로

100만 원 정도면 살 수 있는 보급형이었다.

태수는 자신의 제안이 값싼 동정심으로 비춰질 수도 있다는 사실을 한 박자 늦게 알아차렸다.

듀발은 태수의 이름을 듣고서도 그가 윈드 마스터라는 사실을 모르는 것 같았다.

하긴, '한태수'라는 이름보다는 '윈드 마스터'라는 닉네임이 훨씬 잘 알려져 있는 탓이다.

그렇지만 태수는 자신이 어떤 사람인지 구태여 듀발에게 알리고 싶지 않았다. 지금 이대로가 훨씬 편하기 때문이다.

태수는 듀발과 대화를 하면서 그가 히스패닉계 미국인으로 플로리다에 살고 있으며, 두 다리의 무릎 아래와 오른팔 팔꿈치 아래가 없는 삼지불구의 몸으로 태어났다는 사실을 알게 되었다.

듀발은 태어나서 6년 동안 병원에서 지냈으며, 듀발의 부모는 그를 특수학교에 보내지 않고 정상인들이 다니는 공립학교에 보냈다.

그는 성장기에 정신적으로, 육체적으로, 그리고 감정적으로 많은 고난을 겪었다.

어린 시절에는 친구들과 어울리지 못했으며 자신의 다리와 오른팔을 보이지 않으려고 옷으로 감추고 다니면서 극심한 열등감에 시달렸었다.

청년이 된 듀발은 2009년에 새로운 모험을 감행하기로 마음먹었다. 바로 2010년 아이언맨 코나대회 월드챔피언십에 도전한다는 것이었다.

그는 마라톤부터 시작하여 의족을 착용하고 5km와 10km, 하프를 차례로 정복해나갔다.

듀발은 밤낮으로 수영을 하고 로드 바이크를 탔으며 달리기를 하면서 훈련에 열중했다.

나이키 스니커즈를 자신의 의족에 맞게 하려고 며칠 밤을 지새웠으며 여러 차례 시행착오 끝에 자신의 마라톤화를 완성할 수 있었다.

듀발은 2010년 플로리다에서 열린 하프 아이언맨대회에서 완주하고 그 후 모금 활동을 통해서 코나대회 마라톤 때 의족 대신 사용할 블레이드 다리를 구입할 수 있게 되었다.

블레이드를 착용하고 대회에 나간 그는 천신만고 끝에 코나대회 킹코스 슬롯을 따냈다.

그리고 2010년 10월 9일 마침내 하와이 코나에서 수영 3.8km, 로드 바이크 180km, 마라톤 42.195km를 14시간 19분 12초에 완주하여 아이언맨 역사상 최초로 삼지절단 완주자가 되었다.

2011년 듀발이 살고 있는 도시에서는 2월 7일을 그의 승리를 기념하는 '르제이쉬 듀발 데이'라고 공식적으로 지정했다.

그는 그 시의 자랑이고 작은 영웅이었다.

듀발은 태수와의 대화 마지막에 이런 말을 해주었다.

"Live free. Live amazingly!

Don't ever give up on what you believe in.

Not once, not ever dream to do extraordinary

things everyday."

자유롭게 살고 놀랍게 살자!

당신이 믿는 것을 절대 포기하지 마라.

단 한 번도, 결단코

매일 특별한 일을 하는 것을 꿈꿔라.

태수는 아까부터 듀발의 의족에서 듣기 거북한 작은 마찰음이 나는 것이 신경 쓰였다.

기긱… 끼릭…….

"괜찮습니까?"

태수가 묻자 듀발은 멈춰서 자신의 오른발 무릎 연결 부위를 내려다보았다.

"숙소에 가서 자세히 살펴봐야겠어요."

"여기서 봅시다."

태수는 도로변의 풀밭을 가리켰다.

듀발은 태수를 한 번 쳐다보고는 두말하지 않고 풀밭에 앉아서 능숙하게 오른쪽 의족을 벗었다.

태수가 보기에도 의족과 무릎의 연결 부위가 깨졌고 그것 때문에 의족이 무릎에 제대로 결합하지 않는 것 같았다.

"하아… 이거……."

듀발은 몇 번인가 의족을 무릎에 끼워서 맞추려고 애쓰고는 잘 안 되자 난감한 표정을 지었다.

"이틀 후면 대회인데 이걸 어떻게 하나?"

태수는 깜짝 놀랐다.

"미스터 듀발도 코나대회에 참가합니까?"

듀발은 골치 아픈 상황인데도 싱그럽게 미소 지었다.

"그러지 않으면 먹고살기 바쁜데 멀고 먼 하와이까지 왜 왔겠습니까?"

그는 태수의 호칭을 고쳐주었다.

"나를 아는 사람들은 모두들 르제이쉬 또는 르제라고 부릅니다. 당신도 그렇게 불러주면 좋겠습니다."

"그러죠. 그럼 르제도 날 태수라고 부르세요."

르제이쉬, 아니, 르제는 환하게 미소 지었다.

"그럴게요, 태수."

르제의 말에 의하면 모금을 통해서 로드 바이크용 특수 의족과 마라톤용 블레이드 의족을 하나씩 어렵게 구입했는데 의족이 망가졌기 때문에 이대로 경기에 참가하거나 경기를 포기할 수밖에 없게 됐다는 것이다.

태수는 바닷가에서 수백 미터 안쪽의 카이위스트리트의 허름한 모텔 앞까지 르제를 바래다주고 숙소인 호텔로 가기 위해서 갔던 길을 다시 되돌아왔다.

태수는 우연히 르제를 만나서 짧은 대화를 나누고 헤어진 지금 깨달은 것이 많다.

삼지절단의 르제도 철인3종경기에 참가하여 완주를 하는데 사지육신 멀쩡한 나는 뭘 하고 있는 건가, 라는 자각심이 어쩌고저쩌고 하는 그런 상투적인 것 때문이 아니다.

태수는 르제가 참 멋있는 인생을 살고 있다는 느낌을 받았다. 보편적인 시각으로 봤을 때 르제는 태수가 가장 어려웠던 시기보다 훨씬 좋지 않은 인생을 살고 있는데도 불구하고 태수가 가장 행복했던 때보다 더 행복하게 자신의 삶을 긍정적으로 살아가고 있다.

"멋진 친구지?"

태수가 나란히 걷고 있는 고승연에게 불쑥 묻자 그녀는 크게 고개를 끄떡였다.

"제 자신이 부끄러워졌어요."

"나도 그래."

어디 부끄러움뿐이겠는가. 르제를 보고 또 대화를 하다 보면 수많은 것을 느끼고 또 깨닫게 된다.

어쩌면 르제는 존재한다는 것 자체만으로 많은 이에게 보석처럼 반짝이거나 송곳처럼 날카로운 어떤 삶의 영감 같은 것들을 일깨워 주는 것 같았다.

태수는 숙소에 돌아와서 노트북을 켜고 르제이쉬 듀발에 대해서 인터넷 검색을 해보았다.

그리고 르제는 태수가 알고 있는 것보다 훨씬 더 능동적이고 건실하며 모험적인 사람이라는 사실을 알게 되었다.

르제는 의족이 망가진 것 때문에 고민하느라 밤잠을 설쳤다.

자신의 힘으로 고쳐보려고 두어 시간 동안 의족을 붙잡고 끙끙거렸지만 그가 할 수 있는 일은 아무것도 없다는 사실만 깨달았을 뿐이다.

그는 가난하기 때문에 여분의 의족이나 블레이드가 없이 각각 하나씩뿐이다.

그게 망가지면 대회를 포기할 수밖에 없기 때문에 조심을 기했는데 어젯밤에 기어이 일이 터지고 말았다.

르제는 아침에 일어나자마자 자신이 지니고 있는 돈을 점검해 보았다.

아무리 계산을 해봐도 대회가 끝날 때까지 숙박비만으로도 빠듯해서 의족을 수리할 비용은 나오지 않았다.

의족을 수리하려면 오늘 아침부터 서둘러야 한다. 그것도 이곳 섬 빅아일랜드에 의족을 수리하는 곳이 있을 때만이 가능한 일이다.

다시 의족을 신어봤다. 무릎에 제대로 결착이 되지 않을뿐더러 억지로 결착을 시켜보니 헐거워서 덜그럭거렸다.

"하아……."

언제나 명랑한 성격인 르제지만 지금 이 순간만큼은 저절로 한숨이 나왔다.

결국 그는 나중에 숙박비를 내지 못하더라도 의족을 수리해야겠다고 마음먹고 어디론가 전화를 걸었다.

그렇지만 잠시 후 르제의 얼굴에는 절망적인 표정이 가득 떠올랐다.

이곳 섬 빅아일랜드에는 의족을 수리하는 곳이 없으며 오하우섬의 호놀룰루에 의족을 직접 갖고 가야지만 수리를 할 수 있다는 사실을 알게 된 것이다.

숙박비로 의족을 수리하려던 르제의 시도는 그렇게 물거품으로 끝났다. 그리고 그는 대회를 포기할 수밖에 없다는 결론을 내렸다.

르제는 아침 식사 후에 떠나기로 결심했다. 남아서 대회를 끝까지 보고 싶지만 자신이 대회 출전을 포기한 마당에 하루라도 더 머물면 그만큼 경비가 지출되고 또 마음만 아플 것이기 때문이다.

고향에서 자신을 응원하는 가족과 여행 경비와 경기용 의족, 블레이드를 구입할 수 있도록 모금을 해준 회원들에게는 면목이 없지만 어쩔 수가 없는 일이다.

그가 아침 식사를 하려고 일반용 의족을 신고 문을 열고 나갔을 때 문밖에 한 명의 안경을 낀 늘씬하고 아름다운 젊은 동양 여자가 서서 막 문을 두드리려다가 그를 마주 보며 반색을 했다.

"혹시 르제 씨인가요?"

'르제'는 그와 친한 사람들만이 부르는 호칭이다.

"그렇습니다만……."

동양 여자는 자신과 함께 온 뒤쪽의 두 명의 기술자를 가리켰다.

"나의 보스께서 나와 이분들을 당신에게 보냈습니다."

르제는 어리둥절한 표정을 지었다.

"당신들은 누구고 당신의 보스는 누굽니까?"

"이분들은 호놀룰루에서 비행기를 타고 30분 전에 도착한 의족 수리기사이며 나의 보스는 한태수예요. 나는 보스의 비서 겸 매니저로 윤미소라고 합니다."

"아……."

르제는 큰 충격을 받고 정신을 차리지 못했다.

윤미소는 예절바르게 미소를 지었다.

"보스께서 어젯밤에 당신의 의족을 망가뜨렸다면서 완벽하게 수리를 하라고 나와 이분들을 보냈어요."

르제는 크게 놀란 표정으로 어젯밤에 처음 만나 친구가 된 태수의 모습을 떠올려 보고는 더듬거리며 물었다.

"그는… 대체 어떤 사람입니까?"

윤미소는 방그레 미소 지었다.

"르제 씨, 혹시 당신은 윈드 마스터라는 이름을 들어본 적이 있나요?"

"그야 물론입니다. 마라톤의 전설 윈드 마스터는 나의 영웅입니다."

"어젯밤에 당신이 만났던 사람이 바로 윈드 마스터 한태수 씨예요."

"아……."

르제는 잠시 멍한 표정을 짓고 있다가 잠시 후에 한숨을 쉬고 나서 파란 하늘을 올려다보며 중얼거렸다.

"어쩐지 그 친구에게서 신비한 광채가 나는 것 같았습니다."

"광채라고요?"

르제는 꿈을 꾸는 듯한 표정을 지었다.

"나 같은 사람 눈에만 보이는 광채예요."

점심 식사 전에 윤미소가 호텔로 돌아왔다.

"어떻게 됐니?"

"의족은 깔끔하게 수리했어."

그웬, 티루네시와 구체적인 작전에 대해서 상의하고 있던 태수의 물음에 윤미소는 맞은편에 앉으며 대답했다.

"다른 것들도 도와줬니?"

태수는 르제가 필요한 게 더 있는지 알아보고 도와주라고 윤미소에게 지시했었다.

그런데 윤미소가 두 손을 저었다.

"아유… 말도 마."

"왜?"

"그 사람이 의족 수리한 비용을 주겠다고 고집 부리는 걸 간신히 뿌리치고 왔어. 그 상황에 뭘 더 도와주겠어?"

"그래?"

태수는 르제라는 사람을 알면 알수록 마음에 들었다.

10월 15일 토요일. 드디어 결전의 날이 밝았다.

대회 3일 전부터 엑스포를 비롯하여 갖가지 행사가 열렸기 때문에 대회 당일에는 별다른 식전 행사 없이 곧바로 수영 경기부터 시작된다.

새벽 5시. 수영 경기가 시작되는 6시까지는 1시간이 남은 상황에 타라스포츠 선수들은 T1 바꿈터 근처 타라캠프에 모여서 마지막 전의를 불태우고 있다.

심윤복 감독이나 마이크, 듀랑 코치들은 그동안 수십 차례 작전회의와 검토, 주지를 했기 때문에 오늘 아침에는 작전에 대해서 더 이상 언급하지 않았다.

민영이 태수와 그웬, 티루네시에게 진지한 얼굴로 당부했다.

"최선을 다하되 절대로 다치지 말아요."

그웬과 티루네시는 거의 동시에 태수를 쳐다보았다.

"우리한테 뭐라고 말해줘."

태수는 두 여자 어깨에 손을 얹고 힘 있게 말했다.

"수영 1시간 이내, 로드 바이크 4시간 55분 이내, 그리고 마라톤은 알아서 달려. 그렇게만 하면 둘 중 한 사람이 우승할 수 있을 거야."

태수는 지금까지 여러 번 반복해서 설명하고 상의, 숙지했던 작전을 종합해서 정리했다.

"작년 여자 우승자 미린다 카프레의 기록은 수영 1시간 00.

14초, 로드 바이크 5시간 5분 48초, 마라톤 2시간 50분 26초, 종합기록 9시간 00. 55초였어. 그러니까 두 사람이 수영, 아니, 수영에선 지더라도 로드 바이크에서만 미린다를 이기면 돼. 알았지? 내가 시키는 대로만 하면 둘 중에 한 사람이 우승할 수 있어."

태수의 말이 많아졌다.

"알았어."

그웬과 티루네시는 양쪽에서 태수의 뺨에 뽀뽀했다.

태수는 자신을 바라보고 있는 민영에게 다가갔다.

민영은 태수에게 응원이 될 만한 말을 해주려고 생각하는데 태수가 먼저 말을 꺼냈다.

"민영아, 안아줘."

"어? 어… 그래."

안아달라니, 태수가 민영에게 그런 말을 한 적은 한 번도 없었다. 그것도 타라스포츠 사람들이 다 뻔히 보고 있는 곳에서 말이다.

민영은 엉겁결에 태수를 안고는 곧 그의 어깨에 뺨을 대고 눈을 감고는 그의 등을 쓰다듬었다.

"사랑해, 오빠."

"그래."

민영은 그동안 태수에게 사랑한다는 말을 수없이 했었지만 태수는 한 번도 한 적이 없었다. 사랑한다는 말은커녕 그녀가 사랑한다고 말해도 대꾸마저 하지 않았었다.

그런데 지금은 민영의 사랑한다는 말에 '그래'라고 대답했다. 그래서 민영은 가슴이 따스해지면서 눈물이 핑 도는 것을 겨우 참았다.

작년 코나대회 우승자인 독일의 얀 프로데노가 제일 먼저, 그리고 뒤를 이어 세계랭킹 1위부터 20위까지 일사천리로 소개되었다.

참고로 세계랭킹 1위는 포인트 9,000점을 기록한 호주의 크랙 알렉산더다.

포인트라는 것은 올 한해 전 세계 트라이애슬론 메이저대회에 출전하여 입상할 때마다 받게 되는 점수를 말하는 것이다. 그 포인트를 모두 합산하여 가장 높은 사람이 세계랭킹 1위를 차지한다.

당연한 일이지만 태수는 소개되지 않았다. 그는 전직 마라토너였을 뿐이지 트라이애슬론하고는 아무런 상관이 없는 사람이기 때문이다.

또한 그의 인천송도 70.3대회에서 2위, 취리히대회 킹코스에서 17위를 한 경력으로는 랭킹 300위 안에도 들지 못했다. 말 그대로 트라이애슬론에서의 그는 완전 초짜다.

코나대회에 출전한 엘리트 선수는 모두 240명이고, 그중 남자가 178명, 여자는 62명이다.

6시 정각에 남자 엘리트 선수들이 먼저 출발하고 10분 후에는 여자 엘리트 선수들이, 그리고 50분 후 7시 정각에는 1,700여 명의 아마추어 선수가 일제히 출발한다.

수영출발지인 카일루아만은 좁고 백사장은 10평 남짓하기 때문에 애당초 그곳에서 이 많은 선수가 출발하는 것은 불가능한 일이다.

그래서 백사장에서 50m 안쪽 물에 출발선이 있다. 그곳에는 보드 위에 납작하게 엎드린 진행요원 10여 명이 가로로 길게 띠를 이룬 상태에서 손으로 물을 저으며 바삐 오가면서 출발선을 형성하고 있다.

그리고 엘리트 남자 선수들은 출발선에 최대한 가깝게 붙으려고 물에 뜬 상태에서 출발 신호를 기다리고 있다.

물에 떠 있으려면 계속해서 팔다리를 저어야 하기 때문에 경기를 시작하기도 전에 힘이 빠지지만 남들보다 한 뼘이라도 더 빨리 스타트하기 위해서라면 어쩔 수가 없다.

아마추어 선수들은 출발선 근처에 떠 있는 사람은 별로 없고 대부분 뭍에서 대기하고 있다가 출발 신호와 함께 물로 뛰어들지만, 반대로 엘리트 선수들은 한 명도 남김없이 물에 들어가서 뜬 채 대기하고 있다.

태수도 다른 엘리트 선수들 속에 섞여서 두 발을 천천히 저으면서 물에 떠서 출발 신호를 기다렸다.

코나대회의 수영 경기에는 수트를 입지 못하는 것이 규정이다. 그래서 다들 수영팬티 하나만 입은 맨몸 상태다.

"오빠!"

그때 태수의 귀에 민영의 외침이 들렸다.

오른쪽에 바다 쪽으로 길게 돌출한 방파제 위에 많은 사람이 모여 있는데 그 가운데 민영이 태수를 향해 손을 흔들고 있는 모습이 보였다.

태수가 쳐다보자 민영은 손을 입술에 댔다가 태수를 향해 날리면서 입으로 후우… 하고 불었다.

태수가 민영에게 미소를 지으면서 손을 들려고 하는데 갑자기 출발 신호가 터졌다.

콰앙!

코나대회 수영 경기 시작은 18세기 때의 구식 대포를 발사하는 것이다.

가로로 오가면서 출발선을 형성하고 있던 10여 대의 보드가 출발 신호에 맞춰서 재빠르게 세로로 서는 것과 동시에 선수들이 일제히 물살을 가르면서 쏟아져 나갔다.

촤촤아아아—

태수는 왼쪽 가장자리에서 출발했다. 그의 수영 목표는 58분

이내에 골인하는 것이다.

바다수영, 즉 오픈워터는 아직도 익숙하지 않아서 실내 풀에 비해서 기록이 조금 떨어진다.

항상 그렇듯이 수영 경기 출발 직후에는 말 그대로 아비규환의 상황이 벌어진다.

태수는 인천송도 70.3대회 수영 경기 때 누군가의 발길질에 턱을 강타당하고 또 물에 가라앉았을 때 위에서 다른 여러 선수가 덮쳤던 기억이 작은 트라우마로 남아 있기 때문에 수영 출발 때에는 특히 더 긴장한다.

그는 다른 선수들 틈에 휩싸이지 않으려고 왼쪽 맨 가장자리에서 부지런히 헤엄쳐 나갔다.

파파파파파아아아―

178명의 세계정상급 아이언맨이 물살을 헤치면서 수영을 하는 소리가 마치 그물로 갓 잡아 올린 수만 마리 물고기가 파닥거리는 소리처럼 들렸다.

태수는 수영을 하다가 고개를 들고 재빨리 정면을 쳐다보며 목표 지점을 확인했다.

전방 1.8㎞ 물 위에 한 대에 카타마란요트가 떠 있는데 그 배가 첫 번째 반환점이다.

목표 지점을 정확하게 확인한 태수는 그 방향을 향해 꾸준히 팔다리를 휘두르며 헤엄쳐 갔다.

보통 실내 풀에서의 자유형 수영은 머리를 최대한 숙여서 바닥을 보는 자세로 몸통을 좌우로 롤링하며 나아가야 속도가 빨라진다.

사람들은 자유형은 두 팔을 잘 젓고 발장구만 잘 치면 된다고 생각하는데 천만의 말씀이다.

자유형은 무조건 몸을 수평으로 수면에 띄운 자세에서 롤링을 잘해야 한다.

머리를 숙이면 숙일수록 엉덩이가 위로 뜬다. 그러면 자동적으로 두 다리도 따라서 수면에 뜨고, 그 상태에서 발장구를 쳐야만 추진력이 생긴다.

즉, 두 다리가 수면으로 나와서 발장구를 쳐야지만 추진력이 발생하는 것이다.

시소하고 같은 원리다. 머리가 들리면 엉덩이와 두 다리는 물속에 가라앉고, 그 상태로 아무리 발장구를 쳐봐야 앞으로 나아가지 않고 오히려 뒤로 잡아당겨질 뿐이다.

그리고 다음은 롤링이다. 시선은 아래를 향해서 가만히 있고 몸통을 좌우로 롤링을 해준다.

오른팔을 뻗기 전에는 오른쪽 어깨가 완전히 세로로 수면에 드러나야 한다. 그 자세에서 오른팔을 쭉 뻗어야지만 몇 cm라도 더 뻗을 수 있고, 물을 움켜잡아 힘차게 뒤로 뿌려줄 수 있는 것이다.

태수는 그런 이론을 알고는 있었지만 고쳐지지 않았었는데 마이크 도안 수영 코치의 지도를 받은 후에 완전히 고쳐져서 지금은 제대로 된 오픈워터 수영을 하고 있다.

그렇지만 지금 같은 실전에서는 약간 착오가 발생한다. 바다에서는 조류라는 것이 있기 때문에 자신은 똑바로 간다고 생각해도 실제로는 삐딱하게 가는 경우가 왕왕 벌어진다.

그래서 트라이애슬론 선수들은 자신이 똑바로 가고 있는지를 확인하기 위해서 쉴 새 없이 고개를 들고 목표물을 확인하는 것이다.

수영 코치 마이크는 태수에게 매우 중요한 팁을 가르쳐 주었다. 아무리 세계정상급 선수라고 해도 자신이 제대로 가고 있는지 확인하려고 최소한 4스트로크 이내에 반드시 한 번은 목표물(반환점)을 확인한다.

그렇지만 그건 많이 잘못된 것이다. 바다의 조류가 아무리 빠르다고 한들 4번 스트로크를 할 동안에 방향이 어긋나지는 않는다.

최소한 스트로크를 6~8번 할 동안은 안전하다. 더구나 코나대회 수영 경기가 열리는 카일루아만은 조류가 그다지 빠르지 않고 오히려 호수처럼 잔잔한 편이기 때문에 10번 이상 스트로크를 하는 동안에도 목표물에서 크게 빗나가지는 않는다는 사실이다.

태수는 출발 직후 수영 코치 마이크의 말을 시험해 보았다. 즉, 부지런히 6스트로크를 하고 나서 고개를 들고 목표물을 확인했더니 과연 그는 목표물에서 전혀 빗나가지 않은 상태에서 수영을 하고 있었다.

　그런데 목표물을 확인하려고 한 번 고개를 들고 정면을 봤더니 자동적으로 엉덩이와 두 다리로 물속으로 가라앉기 시작해서 다시 수면으로 띄우기 위해 머리를 물속에 깊이 처박고 두 팔을 더욱 빨리 저어야만 했다.

　그때부터 태수는 한 번 목표물을 확인하고는 10회 이상 스트로크를 하는 방식으로 전진했다.

　그리고 10스트로크를 하고서도 목표물까지의 방향이 크게 빗나가지 않는다는 사실을 알고는 조금씩 스트로크 횟수를 늘려갔다.

　500m쯤 전진했을 때 비로소 선수들은 일렬로 길게 띠를 이루어 헤엄쳐 나갔다.

　태수는 스타트에서 조금 늦고 또 가장자리로 돈 탓에 100위권 밖으로 처진 상황이다.

　3.8㎞ 중에서 이제 500m를 왔을 뿐이다. 더구나 수영에서는 그냥 기본만 해도 된다는 작전이기 때문에 크게 무리할 필요는 없다.

　수영은 58분 정도만 하면 성공이다. 못하는 종목에서는 기본만 하고 잘하는 종목에서 시간을 단축하면 된다. 못하는 종목을 잘하려고 기를 쓰면 만족할 만한 결과를 얻지는 못하는 대신에 외려 체력만 낭비하게 될 것이다.

푸악…….

태수는 고개를 돌리고 숨을 쉬다가 바닷물을 들이켰다. 파도가 있는 데가 주위의 선수들이 일으키는 물보라 때문에 바닷물을 몇 모금 들이키는 것은 다반사다.

그렇지만 바닷물이 코로 들어가 기도로 흘러 들어가면 기침이 나는 바람에 그게 고역이다.

"커억… 컥… 쿨룩……."

태수는 물속에서 기침을 해댔다. 그러면서도 팔다리는 쉬지 않고 움직였다.

호흡을 제대로 하려고 고개를 높이 쳐들면 하체가 가라앉고, 그 반대면 바닷물을 마시게 되는 악순환이다.

그렇다고 해서 무리에서 이탈하면 더 먼 거리를 헤엄쳐야 하기 때문에 손해다.

부그르르… 워윅… 좌라라라… 촤촤아아… 파바박…….

물속에서는 온갖 소리가 들렸다.

'안정을 찾자.'

호흡이 가빠지려고 하자 태수는 조금 속도를 늦추고 스스로에게 주문을 걸었다.

'힘들게 수영해 봤자 1분 빠를 뿐이다.'

그는 스트로크하는 속도를 줄이는 대신 두 팔의 궤적을 조금 더 크게 만들었다.

실내 풀에서는 하이엘보, 즉 팔꿈치를 꺾어서 엄지손가락으로 옆구리를 긁듯이 스쳐 올라 엄지손가락이 귀에 닿았을 때 뻗는데, 오픈워터에서는 팔을 높이 쳐들었다가 어깨를 세로로 세우고 롤링을 하면서 팔을 던지듯이 앞으로 쭉 뻗는다. 그렇게 하면 최소한 10㎝ 이상 더 전진할 수가 있다.

잠시 후에 태수는 호흡이 안정적이 됐고 몸의 움직임은 부드러워졌다.

바닷물은 이따금씩 들이켜긴 하는데 전혀 먹지 않을 수가 없기 때문에 되도록 코나 기도로 흘러들지 않는 데 주력하고 있다.

1.8㎞에 위치한 첫 번째 반환점인 카타마란요트에 이르렀을 때 태수는 120위 정도의 순위로 턴했다.

거기에서 카타마란요트를 우측으로 돌아 방파제를 오른쪽에 두고 완만하게 오른쪽으로 꺾어져 쿠카일리모구 포인트를 끼고 직진한다.

거기까지 2㎞를 왔을 때 남자 엘리트 선수 178명은 300m 이상의 긴 띠를 이루게 되었다.

선두그룹은 3명이고 그 뒤 30m쯤에서 2위 그룹 12명이 각축을 벌였으며, 그 뒤로는 3위와 4위 그룹이 거대한 바다뱀처럼 수면 위를 헤엄치고 있다.

순위를 그룹으로 매기자면 태수는 9위 그룹쯤에 속했다.

제60장
반란

태수는 수영에서 선두를 한다거나 기록을 1초라도 앞당기려고 아등바등하지 않으니까 몸과 마음이 아주 편했다.

20분 전까지는 선두에서 꼴찌까지의 길이가 300m였는데 지금은 400m로 늘어났다.

그것은 선두그룹과 후미그룹의 실력 차이가 그만큼 크다는 뜻이다.

선두로 치고 나가는 선수들은 세계정상급이고, 후미로 처지는 선수들은 이류, 혹은 삼류다.

그렇지만 비록 이, 삼류라고 해도 세계 각지의 아이언맨 킹코스대회나 70.3대회에서 여러 차례 입상을 한 쟁쟁한 선수가 부지기수다.

그 정도 수준이어야지만 엘리트 선수들의 성지인 코나대회에 출전할 자격이 주어진다.

촤촤아아아…….

역영을 하는 동안 태수는 또 한 가지 새로운 사실을 깨달았다. 장거리 수영을 할 때에는 마음을 급하게 먹어서는 안 된다는 사실이다.

물론 그런 깨달음은 다른 선수들이 아니라 태수 한 사람에게만 국한된 얘기다.

지금처럼 아주 편하게 수영을 하니까 선두나 2, 3위 그룹하고의 거리는 조금씩 더 벌어질지는 모르지만, 다른 선수들에게 추월당하지는 않고 있다.

태수는 수영에서만큼은 욕심을 부리지 않기로 했다. 그의 실력으로 조금 더 빨리 가려고 발버둥을 쳐봐야 기껏 1~2분 단축하는 정도일 뿐이다.

또한 그렇게 하다가는 경기 초반부터 체력이 극도로 떨어져서 다음 종목인 로드 바이크에 지장을 초래하게 될 게 뻔한 일이다.

어차피 이건 기록경기다. 무조건 빠른 놈이 이긴다. 그러니까 수영을 못하면 잘하는 종목에서 벌충하면 된다.

지금 이런 식으로 편하게 수영을 하면 체력이 낭비되지 않으니까 로드 바이크와 마라톤에서 1~2분 벌충하는 것은 물론이고 오히려 시간을 더 단축할 수 있을 것이다.

또 한 가지가 있다. 아예 마음을 편하게 먹고 느긋하게 수영을 하니까 시간이 지날수록 조금씩 속도가 오르는 기현상이 벌어지고 있다.

태수는 예전 마라톤을 할 때에도 여러 차례 이런 경험을 한 적이 있었다.

후미 선수에게 바짝 쫓기고 있다든가 앞서 달리는 선수를 추격해야 하는 상황에서는 온몸에 힘이 잔뜩 들어가서 달리는 동작이 부자연스럽고 매끄럽지 못해서 낭패를 당하는 일이 비일비재했었다.

그런 상황을 극복하려고 이것저것 별별 방법을 다 써봤지만 결론적으로는 하나에 봉착하게 된다.

그럴 때는 어떤 결과가 나와도 상관없다는 식으로 마음을 편하게 먹고 편런하는 게 제일이라는 사실을 깨닫게 되었다.

그런데 그 이치가 수영에서도 적용이 된다는 사실을 태수는 지금 실전에서 체험하고 있는 중이다.

아마도 그것은 두 가지 요인 때문일 것이다. 첫째는 태수의 체력이 어느 누구보다도 탄탄하다는 것이고, 또 하나는 마음을 철저하게 비웠다는 사실이다.

'좋다! 이렇게만 가자.'

촤촤촤아아아—

태수는 두 번째 반환점을 확인하려고 고개를 들었다. 하체가 가라앉는 것을 방지하려고 최대한 고개를 살짝 든 상태에서 눈을 치떴다.

150m쯤 전방에 두 번째 반환점으로 사용하는 한 대의 모터보트가 떠 있으며, 선두그룹은 그곳을 오른쪽으로 돌아서 출발지인 카일루아만으로 되돌아가고 있다.

태수가 잠깐 봤지만 선두그룹과 태수의 거리는 400m쯤 될 것 같았다.

아까 선두와 태수는 450m 이상으로 벌어졌었는데 지금은 400m로 좁혀졌다.

도로에서의 눈대중 거리 측정이라면 정확하지만 바다에서는 정확하지가 않을 것이다. 그렇다고 해도 아까보다 좁혀진 것만은 사실이다. 거리 측정이 틀려도 그렇게 많이 틀리지는 않을 것이다.

그렇지만 태수의 경우 수영에서의 순위는 별 의미가 없다. 그로서는 목표로 정한 58분 이내에 체력을 많이 낭비하지 않은 상태에서 골인하는 게 최선이다.

수영을 하면서 시계를 볼 수 없는 태수는 자신이 1시간 이 내에 골인하기를 바라면서 골인 지점을 100m 남겨두고 역영 을 하고 있다.

카일루아만 왼쪽에 바다 쪽으로 길게 돌출된 방파제를 기 점으로 오른쪽 넓은 만이 출발선이고 왼쪽 좁은 곳이 피니시 라인이다.

선두그룹은 물론이고 2, 3위 그룹까지 골인하여 T1 바꿈터 로 달려가고 있다.

방파제 오른쪽 출발선에는 아마추어 선수 1,700여 명이 출 발을 대기하고 있다.

소수만 물에 떠 있고 대다수는 백사장과 뒤쪽에 길게 무리 지어 줄 서 있는 광경이다.

태수의 엘리트 선수 178명은 6시 정각에 출발했으며 아마 추어들은 7시에 출발하는데 아직 대기하고 있는 걸 보면 7시 가 안 됐다는 뜻이다. 즉, 태수가 잘하면 1시간 안에 골인할 수도 있다는 얘기다.

부지런히 수영을 하던 태수의 손이 바닥에 닿았다. 벌떡 일 어나니까 물이 무릎까지밖에 차지 않는다. 그는 돌계단을 달 려 올라가 미끄러지지 않도록 요철 고무판을 깔아놓은 경사 진 피니시라인을 엎어지듯이 달렸다.

"Go! Go! Go!"

양쪽에 늘어선 진행요원들이 박수를 치면서 소리쳤다.

승부를 다투는 엘리트 선수들이지만 한꺼번에 피니시라인에 몰렸어도 한 줄로 질서 있게 T1 바꿈터를 향해 내달렸다.

"태수!"

태수가 달리고 있는 중에 오른쪽에서 남자의 목소리가 들렸다. 그런데 태수는 그 목소리를 듣는 순간 반사적으로 한 사람의 얼굴을 떠올렸다.

'르제!'

아무리 바빠도 르제는 꼭 봐야겠다는 생각에 급히 고개를 돌려보았지만 방파제에 사람이 많이 몰려 있어서 그의 모습을 찾을 수가 없다.

태수는 달려가면서 계속 오른쪽을 처다보았다. 그때 방파제에 모여 있던 사람들이 마치 물살이 갈라지듯이 양쪽으로 좍 물러나면서 방파제 출발선 쪽 바닥에 앉아 있는 르제의 모습이 나타났다.

앉은뱅이 자세로 앉아 있는 르제의 무릎 아래 반 뼘 정도 뾰족한 살덩이 두 개가 태수의 시야 속으로 꽂혔다. 그는 저 다리로 발장구를 치고, 하나뿐인 온전한 왼팔과 팔꿈치까지밖에 없는 오른팔로 수영을 할 것이다.

물에서 버둥거리는 모습일 테지만 그것은 인간이 표현할 수 있는 가장 아름다운 동작 중에 하나일 것이다.

태수는 방파제 끄트머리에 이르러 르제를 지나쳤기 때문에 뒤돌아봐야지만 볼 수 있는 위치다.

그렇지만 태수는 몸을 돌리고 뒷걸음질 치면서 르제에게 손을 흔들었다.

르제는 사지 중에서 멀쩡한 왼손 중지와 검지를 구부려서 십자가 형태를 만들어 보이면서 태수에게 힘껏 소리쳤다.

"나의 친구! 나의 영웅! 윈드 마스터 태수! 신의 가호가 함께하기를!"

사람들의 함성 소리가 컸지만 태수는 르제의 외침을 똑똑하게 들을 수 있었다.

뭉클! 하고 가슴을 쥐어짜는 듯한 감동이 느껴졌다. 백만 명의 응원보다 르제의 응원이 훨씬 빛났다.

태수가 뒷걸음질 치면서 보니까 방파제의 많은 사람이 르제와 태수가 서로를 잘 볼 수 있도록 두 사람 사이의 길을 터주고 있었다.

사람들은 173번 한태수가 윈드 마스터라는 사실을 너무도 잘 알고 있다.

코나대회에서 가장 유명하고 또 방송사들의 집중 조명을 받고 있는 사람은 작년 월드챔피언도 세계랭킹 1위도 아닌 마라톤의 전설 윈드 마스터 한태수다.

그리고 카메라플래시를 받고 있는 또 한 사람이 르제이쉬 듀발, 즉 르제다.

윈드 마스터나 월드챔피언 정도는 아니지만, 삼지절단 장애의 몸으로 또 한 번의 기적에 도전하고 있는 르제는 많은 사람의 응원을 받고 있다.

근처에 있던 방송사 카메라들은 삼지절단 불구의 몸으로 두 번째 기적에 도전하는 르제가 트라이애슬론에 도전하고 있는 마라톤의 전설 윈드 마스터를 응원하는 모습을 촬영하는 행운을 잡았다.

태수는 뒷걸음질 치면서 르제에게 외쳤다.

"Reje! I'm respect you(르제! 당신을 존경합니다)!"

태수는 몸을 돌려 T1 바꿈터를 향해 달렸다. 르제 때문에 몇 초쯤 손해를 봤지만 르제의 응원에 불끈 힘이 솟는 것에 비하면 아무것도 아니다.

태수가 막 T1 바꿈터로 들어서고 있을 때 뒤쪽 방파제에서 아마추어 선수들의 출발 신호인 대포 소리가 터졌다.

펴엉!

뒤이어 와아아아— 하는 함성이 터졌다.

다른 선수들은 서 있다가 물에 뛰어들겠지만 르제는 방파제에 앉아 있다가 그대로 바닷물로 다이빙을 할 것이다.

아마추어 선수들 출발은 7시다. 6시에 출발한 태수가 지금 막 T1 바꿈터에 들어섰으니까 그의 수영 기록은 59분쯤 되는 것 같았다.

태수는 T1 바꿈터 입구에 있는 샤워 터널로 진입하면서 수영 모자와 물안경을 벗었다.

천장에서 여러 개의 물줄기가 쏟아지면서 몸에 묻은 바닷물과 염분을 말끔히 씻어주었다.

태수는 T1 바꿈터에서 곧장 173번 자리로 달려가서 재빨리 로드 바이크복장을 입고 헬멧과 고글, 장갑을 착용하고는 타라스포츠의 '윈드 마스터M6'를 끌고 스타트라인으로 전력 질주 내달렸다.

"오빠! 59분 12초야! 잘하고 있어!"

"태수야! 이대로만 가라!"

민영과 심윤복 감독 등이 바꿈터 바리케이드 밖에서 태수와 같은 방향으로 뛰면서 외쳤다.

탁—

태수는 스타트라인을 통과하면서 몸을 날려 안장에 올라앉자마자 핸들의 스톱워치 스위치를 누르고 미리 페달에 부착해놓은 클릿슈즈를 신었다.

손목에 차고 있는 시계는 수영을 스타트할 때부터 시간을 재는 종합 기록용이고, 로드 바이크의 시계는 로드 바이크 시간만 체크하도록 되어 있다.

태수가 로드 바이크를 스타트하자마자 왼쪽 바리케이드 너머에서 타라스포츠 진행요원이 태수하고 나란히 달리면서 현재 상황을 브리핑했다.

"현재 93위! 선두 피트 제이콥스 52분 43초!"

무전기를 손에 쥐고 있는 진행요원은 태수 뒤로 처지면서 악을 썼다.

"선두와의 거리 3.8㎞! 행운을 빕니다! 윈드 마스터!"

외침을 끝낸 진행요원은 빠르게 멀어지는 태수의 뒷모습을 향해 거수경례를 붙였다.

좌좌아아아아악—

태수는 스탠딩 자세를 취하면서 초반 스타트를 힘차게 했다.

수영에서 59분 12초가 걸렸다. 취리히대회 때 57분 37초보다 거의 2분이나 늦었다.

취리히대회는 잔잔한 호수에서 수영을 했지만 여기는 바다라서 파도와 조류의 영향을 받았기 때문인 것 같았다.

취리히대회 때 태수는 로드 바이크에서 4시간 33분으로 중간 정도의 성적을 기록했었다.

하지만 지금은 그때하고 조금 달라졌다. 일단 로드 바이크가 바뀌었다. 태수의 지오메트리를 최대한 적용해서 신체에 완벽하게 부합하는 로드 바이크 '윈드 마스터M6'다.

또한 취리히대회 이후 로드 바이크 코치 듀랑의 집중적인 훈련을 받았으므로 테크닉적인 면에서도 꽤 발전을 했다.

그렇지만 코나대회 로드 바이크 코스는 취리히보다 난코스이기 때문에 오늘 태수가 취리히 때처럼 4시간 33분을 기록한다면 성공이라고 듀랑 코치는 말했었다.

태수는 이윽고 도로에 들어섰다. 끝이 보이지 않을 정도로 곧게 뻗은 직선도로 우측에 수많은 로드 바이크가 일직선으로 달리고 있는데 그야말로 장관이다.

선두는 보이지도 않는다. 태수는 그저 수많은 로드 바이크 중에 하나일 뿐이다.

좌아아아―

힘차게 페달을 밟는데 갑자기 태수의 폐부 깊숙한 곳에서 뭔가 뜨거운 게 불끈 솟구쳤다.

'중간 정도로는 만족할 수 없지 않은가!'

평상시에는 그러지 않는데 꼭 경기에 돌입하고 나면 태수는 반골 기질이 살아난다.

그가 다른 선수들보다 못한 건 트라이애슬론 경험과 테크닉이다. 체력이나 정신력, 근성에서는 오히려 그가 월등할 것이라고 자부한다.

'기왕 뛰는 거 폼 나게 해보자.'

입상하면 더 폼 날 것이고 심지어 우승이라도 하면 대박이다.

꿈꾸는 건 돈 들지 않는다. 목표를 높게 잡는 것도 누가 뭐라고 할 사람이 없다.

아무한테도 말하지 않고 그냥 태수 혼자만 속으로 목표를 상향 조정하면 된다.

지금까지 그래왔던 것처럼, 일단 경기에 나서면 죽기 살기로 한번 해보는 거다.

태수가 기존에 타던 로드 바이크보다 지금 타고 있는 윈드 마스터M6가 기록을 최대 5분까지 단축시킬 것이라고 윈드 마스터M6 개발팀장이 장담했었다.

개발팀장의 장담이 아니더라도 태수는 윈드 마스터M6가 기존의 로드 바이크와는 판이하게 다르다는 사실을 생생하게 느끼고 있다.

태수의 지오메트리를 완벽하게 해석하여 적용했으므로 이 로드 바이크는 세상에 단 한 대밖에 없으며 그의 몸뚱이 일부분처럼 움직였다.

태수는 윈드 마스터M6가 완성된 이후 줄곧 그것으로 훈련을 하면서 길들이려고 애썼다.

다른 선수들이 대회에 나가서 탈 로드 바이크로 몇 달씩이나 길들이고 몸에 익숙하도록 훈련을 한 것에 비하면 태수가 겨우 며칠 윈드 마스터M6를 길들인 기간은 너무도 짧았다.

좌좌아아아—

태수는 에어로바에 두 팔을 얹고 상체를 깊숙이 낮춰서 공기저항을 최대한 줄이는 자세를 취하고 규칙적으로 페달을 돌리고 있다.

현재 태수의 케이던스(RPM)는 135다. 다른 선수들의 평균 케이던스가 140인 것에 비하면 5 정도 낮다. 하지만 오히려 속도는 그들보다 조금 더 빠른 편이다.

태수는 크랭크와 스프라겟 둘 다 아우터(Outer)에 놓은 아우터×아우터의 기어 조합으로 달리는 중이다.

프레임에서 가까울수록 기어가 작고 톱니 수가 적으며, 멀수록 기어가 점점 커지고 톱니 수가 많다.

프레임에서 먼 기어를 아우터, 가까운 기어를 이너(Inner)라고 한다. 아우터는 낮은 기어, 이너는 높은 기어다.

그러니까 언덕을 오를 때는 크랭크와 스프라겟을 이너×이너에 놓으며 그러면 페달 회전수가 많아지는 대신 편하게 언덕을 오를 수 있다. 반대로 내리막에서는 아우터×아우터에 놓는다.

아우터×아우터는 가장 빠른 기어 조합이지만 허벅지와 무릎에 부하가 많이 걸리게 되고 토크가 많이 필요하다.

반대로 이너×이너는 가장 느린 기어 조합이지만 힘이 덜 들게 되고 따라서 토크도 적게 필요한 조합이다.

선수들은 자신에게 최적의 기어 조합을 찾아내서 평지와 오르막, 내리막에서 골고루 사용한다.

라이딩에서 가장 중요한 것은 속도가 변함없이 일정해야 한다는 사실이다. 그렇기 때문에 오르막, 내리막, 평지에서의 적절한 기어 조합과 도로와 지형지물의 상태를 미리 파악하고 숙지해 두는 것이 좋다.

태수처럼 아우터×아우터의 기어 조합으로 가면 속도는 빠를지 몰라도 다리에 많은 무리를 주기 때문에 180㎞라는 장거리를 절반도 가지 못하고 리타이어하고 말 것이다.

그래서 절대다수의 선수는 이너×아우터의 기어 조합을 즐겨 사용한다.

페달링을 하는 데 많은 힘이 들지 않으면서도 원하는 속도를 낼 수 있기 때문이다.

그렇지만 태수는 하체, 특히 허벅지와 무릎의 근력이라면 누구보다도 강력하다고 자부하기 때문에 아우터×아우터의 기어 조합으로 180㎞를 완주할 수 있다고 확신한다.

그가 지금처럼 아우터×아우터의 기어 조합으로 로드 바이크 180㎞에 도전하는 것은 처음이다.

취리히대회와 인천송도 70.3대회 때는 그도 다른 선수들처럼 이너×아우터의 기어 조합으로 달렸었다.

그렇지만 나중에 로드 바이크에 대해서 자세히 알고 나서는 줄곧 아우터×아우터로 훈련을 했었다. 하체 근력에는 자신이 있기 때문이다.

태수는 93위로 로드 바이크 스타트를 했지만 현재 3㎞까지 온 상황에 2명을 추월하여 91위로 올라섰다.

스타트하고 나서 지금까지 매우 완만한 오르막이 줄곧 이어지고 있다.

평지처럼 보이지만 선수들의 진을 빼기에 충분할 정도로 긴 오르막이다.

도로 상태도 좋지 않아서 아스팔트에 균열이 많고 울퉁불퉁하며 작은 돌과 모래가 깔려 있기 때문에 바퀴가 돌을 밟거나 모래에 미끄러지면 불상사가 발생할 수도 있다.

타이어가 펑크 나면 교체를 하면 되지만 최소한 5분 이상의 시간을 허비하게 된다.

더 나쁜 상황은 로드 바이크와 함께 아스팔트에 나뒹구는 일인데 그럴 경우 경기를 포기해야만 하는 상황에 직면할 수도 있다.

그렇기 때문에 작은 돌이라도 잘 피해야지만 그런 불상사가 일어나지 않을 것이다.

현재 태수의 속도계는 37.5㎞/h를 나타내고 있으며 지금처럼 평지가 아닌 완만한 오르막에서는 빠른 속도라고 할 수 있다.

이 속도로 끝까지 완주한다면 4시간 48분으로 골인하게 되는데 그 정도면 상위 클래스다.

그러면 수영 59분+로드 바이크 4시간 48분=5시간 47분이다. 태수는 취리히대회 때 마라톤에서 2시간 37분을 기록했는데, 그 기록을 더하면 8시간 24분이다.

작년 코나대회 우승자인 독일의 얀 프로데노의 기록은 8시간 14분 40초였으며, 수영 50분 50초, 로드 바이크 4시간 27분 27초, 마라톤 2시간 52분 21초였다.

만약 태수가 종합기록 8시간 24분을 기록한다면 입상권에는 들지 못할 것이다.

재작년과 작년 코나대회에서는 1, 2, 3위가 8시간 18분 이내의 종합기록이었다.

그러니까 태수가 입상권에 들기 위해서 기록을 줄이려면 로드 바이크뿐이다.

수영은 이미 59분을 기록했으며, 마라톤에서 취리히대회의 2시간 37분보다 좋은 기록을 낸다는 보장이 없다.

수영과 로드 바이크 이후 기진맥진한 상태에서 전력을 다해 마라톤을 달린다면 2시간 37분에서 2~3분 정도 줄일 수 있겠지만 그래 봐야 입상권에 들지 못하는 건 마찬가지다.

그러니까 죽으나 사나 입상권에 들려면 로드 바이크에서 최대 5분 이상 시간을 줄이고 마라톤에서 2~3분을 줄여야만 할 것이다.

모르긴 해도 로드 바이크에서는 재작년 우승자인 독일의 세바스티안 키엔레가 선두로 골인할 것이다.

그의 재작년 코나대회 로드 바이크 기록은 놀랍게도 4시간 20분 46초였다.

로드 바이크 10위 이내의 경쟁자들보다도 무려 10분이나 빠른 기록이었다.

키엔레의 종합기록은 8시간 14분 18초였었다. 키엔레가 자신 없어 하는 수영 기록은 평균 54분대니까 태수보다 5분이나 빠르다.

수영과 로드 바이크에서 태수보다 압도적으로 빠른 그를 잡으려면 마라톤밖에 없는데, 그러기에는 트라이애슬론에서의 태수의 마라톤 기록이 형편없이 저조하다.

자자아아악—

다시 1㎞를 더 달리면서 태수는 한 명을 더 추월하여 90위가 됐으며, 오르막이 계속되고 있지만 그의 속도는 여전히 37㎞/h대를 유지하고 있다.

스타트를 한 이후에 태수는 3명을 추월했으나 그를 추월한 선수는 한 명도 없었다. 그 말은 태수보다 빠른 속도로 달리는 선수가 없다는 뜻이다.

도로는 어느덧 하이웨이로 바뀌었다. 고속도로라고 하지만

2차선 아스팔트도로다.

대한민국 2차선보다는 좀 넓고 노견이 3m 정도나 되는 게 특이하다. 노견이 넓은 것은 로드 바이크 훈련을 위한 배려인 듯했다.

마침내 길고도 길었던 오르막이 끝났다. 오르막이 끝났으면 내리막이어야 하는데 평지다. 오르막은 고속도로에 올라서기 위한 일종의 인터체인지였던 모양이다.

일직선으로 곧게 뻗은 도로 오른쪽에서 수십 명의 선수가 긴 행렬을 만들어 달리고 있다.

평지이기 때문에 태수는 속도를 높였다. 그의 로드 바이크 목표는 최소한 4시간 40분 안에 골인하는 것이다. 그러려면 평균 속도를 38~39㎞/h로 유지해야만 한다. 지금보다 1~2㎞/h를 높여야 하는 것이다.

태수는 로드 바이크 코스를 처음부터 끝까지 철저하게 조사, 분석했고 거기에 따른 구체적인 작전을 짰으니까 그 매뉴얼대로만 하면 된다.

여기서부터 평지가 8㎞쯤 이어진다. 그다음은 2.7㎞의 완만한 오르막이다.

그러니까 평지에서 속도를 올려서 되도록 많은 선수를 추월해야만 한다.

시간을 줄이는 것도 중요하지만 선수들을 추월하는 일이

훨씬 더 중요하다.

까짓것 기록이야 8시간 20분이면 어떻고 9시간이면 어떤
가. 트라이애슬론은 무조건 마지막 코스인 마라톤을 가장 먼
저 골인하는 선수가 우승자다.

매일 생각하는 거지만 경기가 끝나고 나서 체력이 남아 있
는 것처럼 원통한 일은 없다.

그러니까 후회를 남기지 않으려면 최후의 한 방울까지 에너
지를 깡그리 쏟아내야 한다.

좌아아아악—

태수의 윈드 마스터M6가 스퍼트하자마자 또 한 명을 추월
하면서 속도가 순식간에 42㎞/h로 올라갔다.

이제 89위다. 코나공항까지 25㎞가 남았다. 자료와 태수가
직접 조사한 바에 의하면 거기까지는 무풍지대다. 즉, 바람이
전혀 불지 않는다.

코나대회가 난코스로 악명이 높은 이유는 완만하고 긴 오
르막과 더불어서 거센 강풍과 갑자기 몰아치는 돌풍이 큰 몫
을 한다.

코나공항까지는 북쪽으로 향하는데 그곳을 지나면 방향을
동쪽으로 꺾고, 거기서부터는 수시로 강풍이 몰아친다. 그렇
기 때문에 태수로선 코나공항까지 최대한 많은 선수를 추월
을 해야만 한다.

가장 좋은 라이딩은 굴곡 없는 일정한 속도와 케이던스(RPM)를 계속 유지하는 것이다.

또한 대다수의 사람은 로드 바이크를 탈 때 페달을 밟는다고 하는데 그것은 틀린 생각이다.

사실 페달을 눌러서 밟는 동작보다는 끌어 올리는 동작이 더 중요하다.

흔히 생각하는 것과는 반대로 눌러서 밟는 동작은 쓸데없는 근육 사용을 유발하여 근육이 더 쉽게 지치고 더 많은 에너지가 소비된다.

페달을 끌어 올리는 동작은 다리 근육을 기르는 것만으로 극복할 수 있는 문제가 아니다.

하체보다는 코어 근육을 단련해야지만 힘을 덜 들이고 페달을 쉽게 끌어 올릴 수가 있다.

페달을 잘 끌어 올리기만 하면 페달을 눌러서 밟기만 할 때보다 최대 50%까지 근육 사용량을 줄일 수 있다.

로드 바이크 듀랑 코치도 라이딩을 할 때 페달을 끌어 올리는 동작에 집중하라고 누누이 당부했었다.

코어 근육이란 인체의 중심부에 위치한 근육들을 말하는데 척추를 둘러싼 허리, 복부, 엉덩이, 골반, 허벅지 근육 등을 가리킨다.

몸의 균형을 잡고 지탱하는 힘을 발휘한다고 해서 코어 근육을 달리 'Power zone'이라고도 부른다.

다행히도 태수는 어느 누구보다도 튼튼한 코어 근육을 지니고 있다.

그가 마라톤을 남들보다 월등하게 잘했던 이유가 바로 선천적으로 뛰어난 코어 근육을 지녔기 때문이었다.

방송사의 모터바이크 5대가 도로 중앙과 왼쪽에서 달리며 태수를 집중적으로 촬영하고 있다. 그들은 윈드 마스터 전담 촬영팀이다.

이곳이 평지이기 때문에 다른 선수들도 속도를 높였지만 태수의 속도를 능가하지는 못했다.

태수가 아우터×아우터의 기어 조합이기 때문이다. 다른 선수 몇몇도 아우터×아우터로 달리기는 하지만 케이던스에서 태수보다 현저하게 낮은 수치를 보이고 있다. 태수의 코어 근육이 압도적으로 월등한 덕분이다.

태수보다 뛰어난 라이딩 실력을 지닌 선수들은 선두그룹이거나 최소한 30위권 안에서 달리고 있을 것이다.

'끌어 올린다. 끌어 올린다.'

태수는 듀랑 코치로부터 수없이 들었던 그 말을 속으로 주문처럼 외우며 힘차게 페달링했다.

그는 3㎞를 가는 동안 두 명을 더 추월해서 87위가 됐다.

좌좌좌아아악—

태수의 케이던스가 140까지 올랐다. 로드 바이크의 속도는 가속도가 좌우하기 때문에 웬만한 일이 아니면 브레이크를 사용하지 않는다.

한 번 브레이크를 잡거나 케이던스가 떨어지면 그만큼 속도가 느려지고, 원래의 속도를 되찾기 위해서 많은 시간과 체력이 허비되기 때문이다.

코나대회에서 우승을 노리는 선수들은 59분대인 태수보다 모두 수영 기록이 훨씬 좋다.

그러니까 선두권의 로드 바이크 속도가 40km/h라고 봤을 때 그들은 태수보다 5~9분 빠르고 거리로는 최소 3.3km에서 최대 5.9km까지 앞서 있는 상황이다.

그러니까 태수가 그들을 만나려면 최소 30위권까지는 따라잡아야만 할 것이다.

좌아아아아―

코나공항을 10km쯤 남겨놓은 지점에 이르렀을 때 태수의 속도는 45km/h까지 올라갔으며 5명을 더 추월하여 82위까지 치고 올랐다.

아우터×아우터의 기어 조합이지만 탄력을 받고 가속도가 붙은 상황에서는 페달링이 그다지 힘들지 않다.

현재 태수의 케이던스는 150까지 치솟았다. 그는 에어로바에 두 팔을 얹고 두 손으로는 앞쪽 비스듬히 위로 뻗은 손잡이를 잡은 상태에서 고개를 최대한 낮춘 자세로 페달링을 하고 있다.

"후우우… 하아아… 후우우… 하아아……."

아직까지는 호흡이 가쁘지도, 다리나 허리가 아프지도 않다. 당연한 얘기다. 경기 초반인 벌써부터 그런다면 경기를 포기하는 편이 낫다.

오른손으로 물통을 꺼내 꼭지를 입에 대고 상체를 약간 들고 물을 마셨다.

이렇게 달리면서 속도를 줄이지 않은 상태에서 물을 마시는 동작도 수많은 시행착오 끝에 성공했었다.

처음에는 물을 마시기 위해서 무조건 로드 바이크를 멈추어야만 했었다.

달리는 도중에 페달링을 하며 한 손으로는 핸들을 잡고 다른 손으로 물병을 꺼내 상체를 비틀어 물을 마신다는 것이 위험해서 엄두도 나지 않았었다.

그것을 성공시키기 위해서 여러 차례 로드 바이크와 함께 아스팔트에 나뒹굴어야만 했었다.

하지만 그 동작을 성공시키지 않고는 대회에 나갈 수가 없다. 40~50㎞/h를 넘나드는 속도로 달리던 도중에 물을 마시기 위해서 멈추고, 다시 그 속도로 환원하려면 얼마나 많은 시간과 체력을 허비해야만 하는가.

그 사소한 동작 하나 때문에 다른 선수들은 수백 미터까지 거리를 넓힐 것이다.

또다시 전방에 긴 오르막이 나타났다. 태수는 오르막에서도 속도가 떨어지게 하지 않으려고 질풍같이 대시했다.

좌좌아아아악—

"후우욱… 하아앗… 후우욱… 하아앗……."

오르막 시작지점에 그는 오히려 속도가 47㎞/h로 올라갔다.

다른 선수들은 오르막에서 속도가 떨어지고 있지만 태수는 47㎞/h를 유지하면서 그들의 왼쪽을 빠른 속도로 추월해 나갔다.

'지금부터 로드 바이크에서 50명을 잡는다.'

로드 바이크를 시작하여 세 번째 오르막에서 4명을 추월하고 나서 태수는 좀 더 구체적인 작전을 세웠다.

그는 다른 선수들이 평지나 내리막에서는 매우 빠른 속도를 내지만 상대적으로 오르막에서는 속도가 많이 떨어진다는 사실에 착안했다.

특히 긴 오르막의 정점 직전에는 선수들의 속도가 25㎞/h 이하로 떨어지게 되는데 바로 그때가 무더기로 추월할 수 있는 기회다.

로드 바이크 코스를 20㎞쯤 달리는 동안 태수는 긴 오르막에서 아우터×아우터만 고집하는 것이 그다지 좋은 작전이 아니라는 사실과 지형에 따라서 이너×아우터를 적절하게 배합하는 게 좋다는 사실을 체득했다.

긴 오르막의 중간까지는 아우터×아우터로 치고 오르다가 중간을 지나서 속도가 떨어질 때 이너×아우터로 속도를 유지하면서 다른 선수들을 추월한다는 작전이다.

오르막에서는 가속이 불가능하므로 어떻게 해서든지 최대한 제 속도를 유지하면서 추월을 하는 것이 최선책이다.

그의 계산이 정확하다면 로드 바이크를 시작한 이후 15명을 추월하여 현재 순위는 78위다.

로드 바이크가 끝날 때까지 50명을 더 추월한다면 28위까지 올라가고, 가장 자신 있는 마라톤에서 최대 26명 이상을 잡아야지만 입상권에 들 수가 있다.

왼쪽에 코나공항이 보이기 시작하면서 퀸카아후마누 하이웨이는 완만하게 우회전하고 있다.

오른편 뒤쪽, 그러니까 동남쪽에서 조금씩 심상치 않은 바람이 불어오고 있다.

아직은 산들바람 정도라서 땀을 식혀주지만 완전히 우회전을 하고 나면 저 유명한 코나의 강풍이 무지막지하게 불어올 것이다.

왼편 저 멀리에 코나공항이 모습을 드러내면서 긴 오르막이 끝나고 내리막이 시작됐다.

다들 오르막 정점에 이르자 기어를 아우터×아우터에 놓고 내리막을 힘차게 내리꽂고 있다.

태수는 이번 오르막에서 또다시 3명을 추월하여 75위가 됐지만 그 정도로는 성에 차지 않았다.

지금까지 그는 오르막에서 가장 많은 추월을 했고 그다음에는 평지에서 두 번째로 많은 추월을 했다.

하지만 내리막에서는 아직까지 한 명도 추월하지 못했는데 이유는 간단하다.

내리막이라는 지형적인 조건 때문에 모든 선수의 속도가 65㎞/h를 웃돌기 때문이다.

태수가 내리막에서 다른 선수들을 추월하려면 65㎞/h 이상의 속도를 내야만 하는데 그게 뜻대로 되지 않았다.

다른 선수들이 평균속도 40~42㎞/h로 달리는 평지에서나 25~30㎞/h의 오르막에서는 심심치 않게 추월이 가능했는데 내리막에서는 도무지 재미를 못 보고 있다.

평지와 오르막에서 다른 선수들보다 빠른 태수가 내리막에서 지지부진하다는 것은 뭔가 이유가 있기 때문일 것이다.

'도대체 무엇 때문이지?'

태수는 전력을 다해서 페달링을 하면서도 10m쯤 앞선 선수하고의 거리가 조금도 좁혀지지 않는 걸 보면서 답답함을 넘어 신경질이 나려고 했다.

내리막에서는 다들 똑같은 조건이다. 내리막+아우터×아우터=65㎞/h라는 최상의 공식이다.

파아아— 파아아—

문득 앞선 선수의 힘찬 페달링이 태수의 눈에 꽂히듯이 빨려 들어왔다.

평지나 오르막에서는 태수의 페달링, 즉 케이던스의 횟수가 다른 선수들과 같거나 느리더라도 그의 기어 조합을 아우터×아우터로 놨기 때문에 속도가 조금 빠른 편이다.

다른 선수들의 기어 조합이 이너×아우터이고 태수는 아우터×아우터이기 때문이다.

그런데 내리막에서는 모든 선수가 기어 조합을 아우터×아우터로 놓기 때문에 페달링 케이던스의 횟수가 높은 선수의 속도가 빠르다는 단순한 계산이 나온다.

'빠른 케이던스가 해답이다.'

케이던스가 빠르면 바퀴가 더 많이 구르고 그래서 당연히 속도가 빨라진다.

태수는 앞선 선수의 케이던스를 10초 동안 세어보았다.

'29회.'

29×6=174다. 앞선 선수의 1분 동안 케이던스 횟수는 174회,

1분에 바퀴가 174번 굴렀다는 거다.

태수는 이번에는 자신의 케이던스를 10초 동안 재보았더니 똑같이 29회가 나왔다. 그렇다면 태수 역시 1분 동안의 케이던스가 174회다.

그러니까 앞선 선수와 태수의 거리가 좁혀지지 않는 것이다.

'174회보다 빨라야 한다.'

파파아아아—

태수는 에어로바에서 두 팔을 떼고 드롭바를 잡으며 맹렬하게 페달링을 했다.

그렇지만 잠시가 지나도록 그는 앞선 선수와의 거리를 좁히지 못했다.

다시 재빨리 앞선 선수와 자신의 케이던스 횟수를 10초 동안 재보았더니 이번에는 둘 다 똑같이 30회다. 즉, 1분에 180회라는 얘기다.

그런데 앞선 선수가 아주 조금씩 멀어지기 시작했다. 똑같은 180회인데 거리가 멀어진다는 게 말이 되지 않았다.

태수는 미친 듯이 페달링을 하면서 이번에는 앞 선수의 케이던스를 30초 동안 쟀더니 91.5회다.

10초 동안 재면 30회지만 그 3배인 30초 동안 재면 91.5회라는 것은, 앞 선수의 10초간 케이던스가 정확하게 30.5회라는 뜻이다.

30.5×3=91.5이다. 그리고 1분이면 30.5×6=183이다. 다시 말해서 앞 선수가 태수보다 1분 동안 3바퀴를 더 간다는 얘기가 된다.

그러는 사이에도 앞 선수는 조금씩 더 간격을 벌려서 20m까지 멀어지고 있다.

앞 선수를 추월하기는커녕 간격이 멀어지고 있으니 태수로서는 속이 타들어갈 지경이다.

'제기랄! 방법이 없는 건가?'

태수는 속으로 분통을 터뜨렸다. 속수무책인 자기 자신에게 터뜨리는 분통이다.

태수는 '방법이 없다'라는 말을 무척이나 싫어한다. 그가 하루에도 몇 개의 알바를 뛰면서 아무리 기를 쓰고 지랄발광을 해도 생활이 조금도 나아지지 않았던 너무도 무기력했던 시절에는 정말 그 상황에서 빠져나올 방법이 없었다.

그래서 그는 '방법이 없다'라는 말을 뼛속까지 저릴 만큼 싫어하게 되었다.

하지만 그는 결국 우연한 기회에 민영이라는 동아줄을 잡고 지긋지긋한 가난으로의 탈출에 성공했다.

그러니까 '방법이 없다'라는 말은 틀린 거다. 세상의 어떠한 난관이라고 해도 반드시 '방법은 있다'는 게 맞는 말이다. 아니, 그건 진리다.

'도대체 방법이 뭐냐?'

태수는 이 대회에서 입상을 하는 것보다 앞 선수를 따라잡아야 하는 것이 급선무라고 생각했다. 그래야지만 입상도 눈에 보일 것이다.

그러는 사이에 앞 선수는 이미 30m까지 멀어졌으며 그보다 더 큰 문제는 뒤쪽의 선수가 태수를 추월하기 시작했다는 사실이다.

보통 사람이라면 이런 상황에서 머리꼭지가 돌 테지만 태수는 반대로 냉정해진다. 타고난 승부사이기 때문이다.

이 문제의 해결 방법은 간단하다. 케이던스 횟수를 높이면 되는 것이다. 그러나 방법은 간단하지만 그걸 해결하는 일은 간단하지가 않다.

태수 목에 핏대가 곤두섰다.

'내가 다른 선수들보다 못한 게 뭐지?'

로드 바이크 경험이 부족하다는 것이다.

그가 냉정하게 분석을 하고 있을 때 왼쪽으로 선수 한 명이 추월하면서 앞으로 나아갔다.

로드 바이크에서 최초로 추월을 당해 75위에서 76위로 떨어지는 순간이지만 그의 냉정한 분석은 계속됐다.

'그럼 내가 다른 선수들보다 잘하는 건?'

물어보나마나 그건 마라톤, 즉 달리는 것이다. 그렇지만 지금 이건 로드 바이크다. 달리기를 잘하는 거하고는 다르다. 로드 바이크가 끝나야지만 마지막 종목인 마라톤을 뛸 수가 있다.

문득 태수는 방금 자신을 추월한 선수가 맹렬하게 페달링을 하고 있는 모습을 뒤에서 보니까 마치 마라톤에서 전력 질주를 하는 것 같았다.

'그래, 페달링하고 달리는 거하고 다를 게 뭐냐?'

번뜩 뇌리를 스치면서 깨달아지는 게 있다. 높은 케이던스라는 것은 페달링을 빨리하는 것이다. 마라톤에서는 일정한 거리, 즉 42.195㎞를 얼마나 빨리 가느냐가 관건이지만, 그걸 로드 바이크에 접목시키면 얼마나 빠른 속도로 두 발을 움직이느냐가 해법이다.

마라톤에서는 두 발바닥이 직접 아스팔트에 닿지만 로드 바이크에서는 바퀴가 아스팔트에 구른다.

'스트라이드는 필요 없다. 무조건 피치가 빨라야 한다.'

페달링을 빨리하면 되니까 보폭이 넓을 필요는 없다. 태수는 5,000m 마지막 스퍼트를 할 때 1분 동안 피치 횟수가 200회를 넘었었다.

그럴 때 스트라이드가 210㎝에 달했지만 지금은 스트라이드는 필요 없이 무조건 피치만 빠르면 된다.

스트라이드를 제쳐두고 피치만 빨리한다면 제자리걸음처럼 뛰면 될 것이고 그러면 더 빠르게 페달링을 할 수 있을 것이다.

'한다!'

파파아아— 가각—각—

그러나 태수의 빠른 발을 페달이 따라가지 못했다. 두 다리는 엄청 빠른 속도로 움직이는데 발바닥에 부착된 클릿이 페달에 고정되어 다리만 움찔거릴 뿐이다.

이럴 때 바이크와 한 몸이 되어 움직이지 못하면 둘 다 아스팔트에 갈아버리고 말 것이다.

'가속도를 붙여야 한다.'

하나둘… 하나둘… 하나둘…….

마음을 조급하게 먹지 않고 차근차근 페달링을 했다. 그러니까 페달링이 조금씩 빨라지기 시작했다.

1분 동안의 케이던스가 얼마인지 재려고 하는데 조금 전에 그를 추월했던 선수를 추월해 버렸다. 케이던스가 높아지고 있다는 뜻이다.

30초 동안 재본 케이던스는 95회다. 거기에 ×2를 하면 190이다. 1분에 190회의 케이던스다.

앞 선수가 183이었으니까 태수가 1분에 7회, 즉 7바퀴나 빠르다는 얘기다.

파파아아— 자자아아악—

계산을 하고 있는 동안에 태수는 앞 선수를 추월하여 74위가 되었다. 추월당한 선수는 뒤로 쭉쭉 밀려갔다.

태수는 점점 빨라지고 있는 케이던스를 다시 재보았다. 재고 있는 1분 동안에 또다시 2명을 추월했다. 분당 케이던스는 놀랍게도 194회가 나왔다.

이 정도면 성공이다. 마라톤의 빠른 피치주법을 로드 바이크에 접목시킨 이 획기적인 페달링 방법은 내리막길뿐만이 아니라 평지와 오르막에서도 사용할 수 있을 것이다.

"훅훅… 핫핫… 훅훅… 핫핫……."

로드 바이크를 하면서 이렇게 호흡이 가빠보기는 처음이다.

내리막길에서 태수의 최고 케이던스는 198회까지 나왔으며 속도는 82㎞/h에 도달했다.

그것은 고속 케이던스+가속도가 결합한 결과다. 태수를 촬영하고 있는 기자들이 82㎞/h가 트라이애슬론 사상 최고 속도라고 떠들어대는 소리를 태수는 듣지 못했다.

그렇지만 케이던스 198회에 82㎞/h의 속도를 내느라 태수의 심장은 미친 듯이 펌프질을 해대고 있으며 허파는 터지기 직전의 풍선처럼 잔뜩 부풀었다.

"하하하… 헉헉헉… 하하… 학학학……."

태수는 웃다가 헐떡거리기를 반복했다. 숨이 차서 가슴이 폭발할 것 같지만 깨달음과 성취감 때문에 기분이 좋아져서 웃음을 멈출 수가 없다.

내리막이 끝났을 때 태수는 7명을 더 추월하여 65위까지 순위를 앞당겼다.

50명을 잡자고 했을 때 78위였는데 13명을 잡았으니까 앞으로 37명이 남았다.

태수는 허파가 터질 것 같지만 내리막에서 평지로 이어지는 곳에서 케이던스를 늦추지 않고 전력으로 페달링했다.

그 덕분에 가속도가 붙어서 평지가 시작되는 지점에서는 80km/h의 속도를 내면서 무섭게 질주했다.

이즈음 태수를 촬영하는 모터바이크가 5대에서 8대로 불어났으며 더 많이 몰려들고 있는 중이다. 그가 로드 바이크 사상 최고 속도인 82km/h를 기록했다는 소문이 빠르게 퍼지고 있기 때문이다.

도로는 코나공항을 지나 왼편에 케카하카카이 주립공원을 끼고 완만하게 우회전을 하고 있다.

보이는 것은 곧게 뻗은 도로와 양쪽의 시커먼 화산암뿐이다. 왼편이 주립공원이라고 하지만 나무 한 그루 없으며 살아 있는 생물이라곤 도로변에 엉성하게 자란 풀이 전부다.

쏴아아아―

드디어 바람이 불어오기 시작했다. 마우나케아산 쪽에서 부는 동풍이며 섬뜩할 정도의 차가움이 배어 있다.

아직은 강풍이라고 할 수 없지만 자료와 경험자들의 말에 의하면 머지않아서 바이크와 사람을 한꺼번에 날려 버릴 정도 의 거센 강풍이 몰아칠 것이다.

태수는 자신이 알고 있는 선수를 아직 한 명도 보지 못했 다. 그들은 인천송도 70.3대회에서 우승한 프레데릭 반 리에르데와 취리히대회에서 만난 크렉 알렉산더, 작년 코나대회 우승자 얀 프로데노, 재작년 우승자 세바스티앙 키엔레, 최정상급 선수인 피트 제이콥스, 루크 벨, 베번 도허티, 루터 벡, 그리고 그웬과 함께 해운대 마린씨티에서 훈련했던 남아공의 헨리 슈맨 등이다.

그들은 모두 이번 대회 강력한 우승 후보로서 아마 선두그룹을 형성하고 있을 터이다.

그렇지만 태수는 아까보다 기분이 많이 느긋해졌다. 아무도 가르쳐 준 적이 없는 로드 바이크의 큰 기술 하나를 깨우친 덕분에 기분이 한껏 고무됐다.

그건 기술이라기보다는 능력이라고 해야 옳을 것 같다. 페달링을 빨리할수록 케이던스가 높아져서 속도가 빨라진다는 사실은 누구나 알고 있지만, 누구나 할 수 있는 방법이 아니기 때문이다.

평지가 길어지고 있는데 태수의 속도는 46km/h에 육박하고 있다.

그 속도로 180km를 줄곧 간다면 3시간 56분대에 골인할 수 있을 테고, 그것은 트라이애슬론 로드 바이크 역사상 신기원을 이룩하는 대기록이다.

하지만 중간에 오르막이 수두룩한 데다 46km/h로 계속 간다면 체력의 한계에 부닥치고 말 것이다.

어쨌든 태수는 높고 험한 마의 고개를 하나 넘은 기분을 떨칠 수가 없다.

'기다려라. 너희끼리 선두 다툼을 하도록 내버려 두진 않겠다.'

제61장
전설 속으로

콰아아아아아—

이건 강풍이 아니라 아예 태풍 수준이다.

도로 우측에 일렬로 긴 행렬을 이룬 채 달리고 있는 선수들의 오른쪽에서 몰아치는 동풍인데 12㎧ 정도니까 재해까지는 아니더라도 엄폐물이 없는 곳에서 사람이나 로드 바이크를 날리기에는 충분한 위력이다.

도로 오른쪽은 아무것도 없는 허허벌판이고 그 끝에 마우나케아 산이 웅장하게 하늘을 이고 서 있으며 강풍은 그곳에서 불어오고 있다.

선수들은 모두 오른쪽으로 쓰러질 듯이 기울어진 상태로 라이딩을 하고 있다.

오른쪽에서 태풍 못지않은 강풍이 불어오기 때문에 똑바로 선 채 라이딩을 하다가는 반대편으로 쓰러지고 말 것이기 때문이다.

그런 자세로 선수들은 부지런히 라이딩을 하고 있지만 속도는 30km/h 이하로 뚝 떨어졌다.

강풍에 날려가지 않으려다 보니까 속도를 내지 못하고 이런 상황에서 페달링을 하는 것 자체가 고역이다.

무게 5~7kg의 가벼운 로드 바이크에 체중 60~80kg까지의 선수들이 타고 있으니 가분수적인 상황이라서 강풍에 훨씬 더 취약할 수밖에 없는 것이다.

강풍 때문에 옴짝달싹하지 못하고 앞선 선수들을 따라가기만 하는 건 태수라고 예외가 아니다.

그 역시 오른쪽으로 쓰러질 듯이 기운 자세로 힘겹게 페달링을 하고 있는 중이다.

앞 선수들을 추월하기보다는 쓰러지지 않으려고 악전고투를 하는 상황이다.

태수가 다른 선수들하고 약간 다른 점이 있다면, 그런 불안전한 자세에서도 속도가 다른 선수들보다 조금쯤은 더 빠르다는 사실이다.

그건 아까 내리막에서 깨달은 빠른 페달링, 즉 피치주법을 응용한 페달링 덕분이다. 그래서 태수의 속도는 32~33㎞ 정도다.

현재 태수가 지나고 있는 지점은 A마마라호아 하이웨이다. 여기까지가 출발지점으로부터 55㎞ 지점이며 태수는 현재 순위가 52위다.

그가 사전에 답사를 한 바에 의하면 59㎞ 지점에서 왼쪽으로 완만하게 꺾어지면서 아코니풀 하이웨이로 갈아타면 강풍이 조금 약해진다.

그렇지만 거기서부터는 장장 5㎞에 달하는 긴 오르막이고, 위로 오를수록 바람이 점점 강해지다가 오르막 정점에 도달하면 바람이 갑자기 잠잠해진다.

오르막 정점이 분지 지형으로 움푹 들어갔기 때문인데 그곳에 로드 바이크 보급소가 위치해 있다.

그곳에서 물과 음료, 콜라, 바나나, 파워젤 등을 나누어주지만 다들 잠시 멈추지도 않고 달리면서 보급을 받는다.

한 선수의 로드 바이크가 보습소로 들어오면 자원봉사자 여러 명이 물병과 음료병, 바나나, 파워젤 등을 들고 냅다 뛰어서 로드 바이크를 따라가며 선수에게 건네주면 선수는 그것을 일일이 받아서 바이크에 장착하거나 주머니에 쑤셔 넣고는 달리면서 하나씩 먹고 마신다.

탁—

그러나 태수는 그곳에서 물병 하나만 받고는 그대로 돌진하면서 한꺼번에 3명을 추월했다.

보급소에 도달하면 대부분의 선수는 극도의 허기와 갈증에 시달리기 때문에 그냥 지나치기가 어렵다. 그런데 태수는 그 기회를 노렸다가 3명이나 추월한 것이다.

태수도 배가 고파서 허리가 등짝에 붙고 물과 음료가 진작 바닥나서 갈증 때문에 입안이 바싹바싹 탔지만 그보다는 한 명이라도 더 추월해야 한다는 강박관념이 더 크게 작용을 했기 때문이다.

이번이 세 번째 보급소인데 태수는 다 그냥 지나치고 이곳에서 물병 하나만 받아서 에어로바에 부착된 물병게이지에 꽂았다.

허기는 어떻게든 견딜 수 있지만 갈증은 안 된다. 물론 갈증도 참을 수 있지만 참을 수 있다고 갈증을 무시하고 넘겼다가 탈수증상을 보이면 그때는 이미 늦다.

어쨌든 태수는 로드 바이크에서 목표로 한 50명을 추월하기 위해서라면 할 수 있는 모든 방법을 총동원하고 희생을 치를 각오다.

반환점인 하위에 도착하면 스페셜 보급소가 있으며 거기가 102km 지점이다.

반환점이라고 해서 딱 절반에 있는 건 아니다. 갈 때 102㎞이고 돌아올 때 78㎞다.

반환점에 설치되어 있는 스페셜 보급소는 자신이 소속되어 있는 스폰서 서포터들이 대기하고 있다가 물과 음료, 간이 급식을 제공하는 장소다.

타라스포츠에서 준비했기 때문에 태수를 위한 최고의 음료와 간식이 마련되어 있을 것이다.

그런데 주최 측에서 되는대로 마련한 평범한 간식으로 배를 채우는 건 매우 좋지 않다는 것까지도 태수는 염두에 두고 있는 것이다.

보급소를 지나자마자 또다시 내리막이다. 그런데 이번에는 지금까지의 내리막하고는 달리 꽤 가파르다. 그러면서 매우 길고 직선이며 굴곡 없이 곧게 뻗어 있다.

'최고다.'

태수는 내리막 아래로 내리꽂히면서 속으로 쾌재를 불렀다.

코스 답사와 자료에 의하면 여긴 로드 바이크 코스 180㎞중에서 가장 길고 가파른 내리막길로 길이가 8㎞나 되기 때문에 대다수의 선수가 이곳에서 최고 속도를 낸다.

그러므로 여기에서 다른 선수들을 추월한다는 것은 매우 어려운 일이다.

'여기서 승부를 건다.'

좌좌아아아아악—

태수는 힘차게 페달링을 하면서 바람과 하나가 되었다.

자자라라라아아아—

페달링을 하는 그의 두 발이 보이지 않을 정도로 빠르다.

태수는 오르막 정상에서 내달리기 시작하여 1㎞를 지날 때 쯤 케이던스가 205회, 속도가 무려 86㎞/h를 기록하고 있는 중이다.

그를 촬영하는 모터바이크는 12대로 늘어났는데 그의 빠른 속도를 따라잡느라 아우성이다.

자칫하다가는 모터바이크들끼리 취재 경쟁을 벌이다가 사고라도 날 것 같은 분위기다.

그런데다 내리막이 길어질수록 태수의 속도가 조금씩 더 빨라지고 있는 상황이라서 모터바이크를 모는 사람들은 바짝 긴장한 상태로 달리고 있다.

다른 선수들도 이 내리막에서 올인하고 있기 때문에 속도가 빠르지만 그래 봐야 75~80㎞ 수준이다. 태수의 86㎞ 속도하고는 비교가 되지 않는다.

조금 전 오르막 보급소에서 시작된 내리막에서 태수는 2명을 더 추월하여 47위로 올랐다.

12대의 모터바이크는 태수의 왼편 전방과 측면, 후방에서 촬영을 하고 있다.

그들 중에는 촬영만을 하는 사람이 있는가 하면 직접 중계를 하는 사람도 있는데, 그중 한 명이 태수의 라이딩을 '무시무시한 광속(光速)'이라고 표현했다. 즉, 빛의 속도라는 것이다.

태수는 선수들을 원활하게 추월하기 위해서 아예 도로의 복판으로 질주하기 시작했다.

다른 선수들 뒤를 따르다가 추월하려면 일일이 왼쪽으로 나가야 하는 불편을 덜자는 것이다.

두 손으로는 드롭바를 잡고 상체를 숙여 바람의 저항을 줄인 자세로 페달링을 하고 있는 그의 모습은 강인하면서도 아름답기까지 했다.

파아아아―

핸들에 부착된 속도계가 88㎞를 찍었다. 이런 어마어마한 속도에서는 아스팔트에 있는 작은 돌이라도 하나 밟거나 핸들을 슬쩍 틀기만 해도 대형 사고로 이어지기 때문에 정신 바짝 차리고 드롭바를 움켜잡은 두 팔에 힘을 주고 전방을 똑바로 주시해야만 한다.

태수가 다시 한 명을 추월할 때 도로가 좌측으로 아주 완만하게 굽기 시작했다.

이제 46위. 전방의 도로 오른쪽에 3명의 선수가 꼬리를 맞대고 일렬로 달리고 있는데 태수는 그들을 한꺼번에 추월하려고 마음먹었다.

좌아악—

그런데 태수가 후미의 한 명을 막 추월하고 있는 상황에서 느닷없이 중간에 있는 한 선수가 앞 선수를 추월하기 위해서 왼쪽으로 툭 튀어나오더니 태수 앞을 가로막는 상황이 벌어졌다.

0.1초의 아주 짧은 순간이지만 태수는 브레이크를 잡아서는 안 된다고 판단하고 핸들을 오른쪽으로 살짝 틀어서 방금 튀어나온 선수가 있던 자리로 들어갔다.

왼쪽에는 모터바이크들이 각축을 벌이고 있기 때문에 그쪽으로는 갈 수가 없는 상황이다.

튀어나온 두 번째 선수는 태수가 바짝 따라붙자 추월당하지 않으려고 앞 선수를 추월하려는 것이었다.

다분히 의도적이기 때문에 그의 행동은 엄중한 반칙이다. 즉, 진로 방해다.

만약 태수가 순간적으로 임기응변을 발휘하지 못했다면 대형 사고로 이어졌을지도 모른다.

태수는 그 선수가 빠져나온 자리로 들어갔으며, 그 선수는 앞 선수를 추월하면서 질주했다.

삐이익—

그때 날카로운 호각이 울려 퍼졌다.

어디에서 나타났는지 촬영 모터바이크들 사이로 레프리가 탄 모터바이크 한 대가 지그재그로 방금 사고를 유발할 뻔했던 선수에게 달려가며 외쳤다.

"Stop! You foul play!"

반칙을 저지른 선수는 로드 바이크 속도를 줄이면서 도로 왼쪽으로 붙었고 레프리가 그에게 다가갔다.

반칙을 한 그 선수는 타임패널티를 받게 될 것이고, 짧으면 15초, 길면 30초다. 그 시간 동안 도로변에 서서 기다려야만 하는 것이다.

반칙의 경중에 따르는데 아마도 그 선수는 30초를 받지 않을까 생각하면서 태수는 끼어 있던 두 번째에서 빠져나와 쏜살같이 앞 선수를 추월했다.

이 8㎞ 길이의 긴 내리막에서 태수는 무려 14명을 추월하여 단번에 35위로 올라섰다.

이 내리막을 승부처로 삼겠다는 그의 각오는 물거품이 되지 않았다.

70㎞ 지점부터 78㎞까지 언덕이 무려 5개가 몰려 있다. 그것들은 길고 완만한 오르막이 아니라 짧으면서도 가파른 언덕이다.

태수는 코스 답사 때 그곳을 네 번이나 왕복하면서 세밀하게 살폈고 아마도 이 5개의 언덕이 이번 코나대회 로드 바이크 승부의 분수령이 될 것이라고 예상했었다.

5개의 언덕이 시작되는 70㎞ 이전에는 2.7㎞ 길이의 평지 직선도로가 있었지만 태수는 일부러 속도를 올리지 않고 다른 선수들보다 조금 빠른 속도인 41.5㎞/h 정도로 달리면서 잠시 휴식을 취했다.

5개의 언덕을 두 번째 승부처로 삼으려는 작전이라서 최대한 체력을 회복하려는 것이다.

태수는 로드 바이크 순위가 78위였을 때 50명을 잡겠다고 마음먹었는데 벌써 43명을 추월하여 35위가 되었다. 7명만 더 추월하면 목표로 한 50명을 채우게 된다.

그렇지만 180㎞의 절반도 오지 못했다. 그렇다고 50명을 채우면 더 이상 추월하지 않을 건 아니다. 이제 70㎞라면 아직도 110㎞나 남았는데 더 추월할 수 있으면 일단 해놓고 보는 것이다.

타라스포츠가 듀랑 코치를 영입한 이후에 태수의 라이딩 실력은 많이 향상되었다.

그는 원래 남다른 근육과 체력을 지니고 있는데다 라이딩 기술까지 배워서 로드 바이크라는 것을 이해하게 되니까 예전 두 번의 대회 때처럼 경기에서 질퍽거리지 않게 되었다.

현재 태수는 휴식을 취하고 있으면서도 41.5㎞/h를 유지하고 있으며 그것은 다른 선수들의 40㎞/h보다 약 1.5㎞/h 이상 빠른 속도다.

다른 선수들이 느린 게 아니다. 그들이 평지에서 40㎞/h로 달린다면 오르막과 내리막을 감안했을 때 대체적으로 4시간 30분 정도의 로드 바이크 기록으로 골인하게 될 것이다. 그것은 세계 정상급 선수들의 기록이다.

중요한 것은 태수가 휴식을 취하고 있으면서도 그들보다 약 1.5㎞/h 빠르다는 사실이다.

그 덕분에 태수는 휴식을 취하려고 했던 2.7㎞ 길이의 평지에서 다시 2명을 추월하여 33위가 되었다.

그리고 마침내 태수의 전방 300m에 5개 언덕의 시작인 첫 번째 언덕이 나타났다.

태수는 언덕 100m 전에서 스탠딩 자세를 취하며 스퍼트하여 언덕을 향해 대시했다.

좌자아아아악—

"후우우… 하아앗! 후우우… 하아앗!"

언덕 직전에서 그의 속도는 56㎞/h로 올랐으며 그대로 언덕을 향해 돌진했다.

5개의 언덕을 다 넘고 긴 내리막을 달려 내려가고 있을 때 태수는 이해할 수 없다는 기분에 빠져 있었다.

그는 5개의 언덕을 다 넘는 동안 겨우 4명의 선수밖에 추월하지 못했기 때문이다.

5개의 언덕은 총 8㎞에 걸쳐서 오르막과 내리막이 이어져 있으며 거길 달리는 동안 태수가 발견한 선수는 앞선 4명뿐이었고 그들을 모두 추월했다.

그렇지만 8㎞라는 긴 거리에 선수가 달랑 4명밖에 없다는 사실이 이해가 되지 않았다.

5개의 언덕이 끝나고 꽤 긴 평지가 이어지는 동안에도 그는 단 한 명의 선수도 만나지 못해서 불가해한 기분이 점점 더 불안감으로 변해갔다.

태수의 현재 순위는 29위다. 다시 말해서 그의 앞에 28명의 선수가 달리고 있다는 뜻이다.

태수의 속도계에 찍힌 거리 표시는 현재 95.14㎞다.

5개의 언덕 중에서 3번째 언덕에서 마지막 선수를 추월했으니까 여기까지 약 19㎞를 달려오는 동안 앞선 선수를 한 명도 발견하지 못한 것이다.

'어떻게 이럴 수가 있는 거지?'

그는 자신에게 닥친 이 현실을 부인하고 싶지만 앞선 28명의 선수가 그의 시야가 미치지 않는 아득한 전방에서 달리고 있다는 것이 지금의 엄연한 현실이다.

현재 약 95㎞를 오는 동안 그의 평균속도는 40.5㎞/h였다. 한때 내리막에서 무려 88㎞/h의 놀라운 속도를 내기도 했지만 그런 내리막은 몇 군데에 불과했으며 긴 오르막이나 가파른 언덕에서는 30㎞/h 이하로 떨어지기도 했으니까 그 정도 평균속도라도 잘 달린 것이라고 할 수 있다.

180㎞를 평균속도 40.5㎞/h로 줄곧 달린다면 4시간 24분의 기록이다.

그건 로드 바이크의 황제라는 독일의 세바스티안 키엔레가 재작년 코나대회에서 세운 4시간 20분에 비해서 겨우 4분 뒤지는 빠른 기록이다.

앞으로 7㎞만 더 가면 반환점인 하위에 도착한다. 태수가 반환점으로 가는 동안에 맞은편에서 선두그룹이 마주 달려올 텐데 그들을 보게 되면 자신이 다른 선수들에 얼마나 뒤졌는지 알 수 있을 것이다.

그렇지만 선두가 될 수 있는 한 늦게 나타나 주기를 바라는 마음이 간절하다.

자아아아아—

쏴아아아—

곧게 뻗은 직선도로 전방에는 아직 아무도 보이지 않고 다만 태수의 로드 바이크 바퀴가 아스팔트를 구르는 소리와 오른쪽에서 불어오는 거센 바람 소리만 그의 마음을 더욱 적막하게 만들고 있을 뿐이다.

아무도 없다. 보이는 것이라곤 세상 끝까지 뻗어 있는 듯한 보수공사가 필요한 낡은 직선도로와 그 끝의 파란 하늘, 몇 조각의 구름, 도로 양쪽의 시커먼 화산암과 풀 한 포기 자라지 않는 황량하기 짝이 없는 허허벌판뿐이다.

도로 오른쪽에서 달리고 있는 태수 왼쪽의 전방과 측면, 후방에서 14대의 모터바이크가 묵묵히 따르면서 촬영을 하고 있지만, 태수는 문득 지독한 고독을 느꼈다. 마치 이 세상에 철저하게 혼자 버려진 듯한 소름 끼치는 외로움이 엄습했다.

전혀 예상하지 못했던 고독하고도 싸워야 하다니 그것은 또 하나의 복병이다.

현재 96.4㎞를 통과하고 있으며 전방 400m쯤에 마침내 직선도로가 끝나고 오르막이 시작되면서 오른쪽으로 도로가 휘어져 있는 게 보였다.

오르막이 조금씩 가까워지면서 태수는 마음속으로 맞은편에서 선수들이 아직 나타나지 않기를 빌었다.

맞은편에 선수들이 될 수 있는 한 늦게 나타나야지만 그와 선두의 거리가 그만큼 가깝다는 의미이기 때문이다.

그러나 태수가 직선도로 끄트머리를 70m쯤 남겨두었을 때 그의 바람은 무참히 깨어지고 말았다.

전방 오르막에서 한 선수가 질풍처럼 내리꽂히고 있는 모습이 태수의 시야 속으로 아프게 헤집고 들어왔다.

오른쪽으로 굽은 오르막에서 80㎞/h를 웃도는 속도로 질주하며 내려오는 선수는 바로 세바스티안 키엔레다.

여기가 약 97㎞ 지점이니까 키엔레가 태수보다 약 10㎞나 앞섰다는 얘기가 된다.

"이런 빌어먹을!"

욕이 태수의 목구멍을 타고 터져 나왔다.

10㎞라면 태수의 평균속도가 40.5㎞/h이고 ㎞당 1분 29초가 소요되니까 약 14분 뒤졌다는 얘기다.

그러나 그게 전부가 아니다. 이제 절반쯤 왔으니까 나머지 절반을 가는 동안 키엔레는 거리를 더 벌릴 것이다.

키엔레의 이번 대회 수영 기록이 얼마인지 모르지만 재작년 기록이 54분이었으니까 그걸 적용한다면 이번 대회의 태수보다 5분 빠르다.

그 말은 키엔레가 로드 바이크를 태수보다 5분 빨리 스타트를 했을 것이라는 뜻이다.

그런데 지금은 14분으로 벌어졌다. 즉, 키엔레의 수영 기록을 뺀 로드 바이크 라이딩 실력만으로 키엔레는 97㎞에 태수보다 9분 빨랐다는 것이다.

그러니까 현재 뒤처진 시간 14분에 앞으로 남은 거리 83㎞를 감안할 때 뒤처지게 될 시간 +8분을 하면 22분이다. 엄청난 시간이다.

키엔레가 재작년 코나대회에서 우승했을 때 로드 바이크 평균속도는 41.12㎞/h였다. 태수보다 0.62㎞/h 빠른 속도였지만 그것은 재작년의 기록이다.

2년 동안 키엔레는 실력이 향상됐을 테고 그러므로 더 빠른 기록을 낼 것이다.

태수가 오르막에 도달하기도 전에 키엔레가 내리막을 다 내려와서 직선도로에 진입했다.

태수는 50m 전방에서 마주 달려오고 있는 키엔레에게서 시선을 떼지 못했다.

태수는 키엔레에게서 존경심을 넘어 경외심마저도 생겨났다. 마라톤에서 금세기 동안 깨지 못할 거대한 족적을 남겨서 전설로까지 칭송받았던 태수지만 트라이애슬론 킹코스에서는 부진을 면치 못했다.

수영과 로드 바이크, 마라톤을 달리는 동안 태수는 몇 차례나 극한의 상황에 몰려서 이러다가 죽을지도 모른다는 감정 상태에 빠졌었다.

그만큼 트라이애슬론 킹코스는 초인적인 능력을 요구하는 극한의 스포츠인 것이다.

그런데도 저기 앞에서 무시무시한 속도로 달려오고 있는 키엔레는 그 지독한 상황에서도 태수를 무려 14분이나 앞질렀으며 앞으로 더 앞지를 것이라는 얘기다.

점점 가까이 쇄도해 오고 있는 키엔레가 태수의 눈에는 사람이 아니라 몬스터로 보였다.

그리고 상대적으로 자신이 한없이 왜소해지는 위축감을 떨쳐 버릴 수가 없다.

모터바이크의 취재진들은 지금의 이런 극적인 상황을 놓치지 않으려고 태수와 키엔레를 번갈아 가면서 촬영을 하느라 부산하다.

태수는 키엔레에게서 시선을 떼지 못하고 있는 반면에 키엔레는 태수에게 눈길 한 번 주지 않고 완벽한 라이딩 자세를 취한 상태로 쏜살같이 스쳐 지나갔다.

좌아아아아—

태수는 하마터면 키엔레를 뒤돌아볼 뻔했다. 그에게 압도당한 탓에 아주 잠시 키엔레가 경쟁자라는 사실을 망각하고 자신이 일개 관중이 된 듯한 착각에 빠졌다.

태수는 키엔레를 발견한 순간부터 잠깐 동안 해괴한 악몽을 꾸다가 깬 듯한 기분이다.

그러고는 한 박자 늦게 자신이 이미 오르막을 오르기 시작했다는 사실을 깨달았다.

'아차…….'

그는 오르막을 오르기 위해 평지에서 빠른 속도로 대시를 해야 한다는 기초적인 상식을 잊고 있었다.

자자라라아아악—

잠깐 사이에 속도가 뚝뚝 떨어지더니 24km/h까지 떨어져서야 태수는 불끈 두 다리에 힘을 주고 스탠딩 자세를 취하면서 스퍼트했다.

'가지가지 하는구나……!'

그는 스스로의 멍청함을 꾸짖으며 힘차게 페달링했다.

라이딩의 가장 기본적인 상식이 페달링 때 다리에 힘이 들어가면 안 된다는 사실이다.

즉, 페달링에 가속이 붙어야지만 절반이나 그 이하의 힘으로 페달링을 할 수 있는 법인데, 속도가 뚝 떨어졌다가 그걸 환원시키려고 페달링을 하면 처음에 출발할 때처럼 힘이 들어갈 수밖에 없다. 시간은 시간대로 까먹고 힘은 힘대로 드는 이중고의 난국이다.

태수는 오르막을 힘겹게 올라 이윽고 내리막을 맞이했다.

그가 오르막을 오르는 동안에도 마주 오는 선수는 한 명도 보지 못했다.

선두와 2위 그룹의 거리가 이렇게 멀다니, 과연 키엔레다. 그 정도로 로드 바이크에서 독보적인 존재라는 거다.

선두 키엔레가 지나간 지 벌써 3분이나 지났는데도 2위 그룹이 보이지 않고 있었다.

태수는 여전히 29위다. 마지막 추월을 한 게 언제였는지 까마득한 기분이다.

꽤 오랫동안 앞에도 뒤에도 선수는 한 명도 보이지 않고 태수 혼자만 라이딩을 하고 있는 중이다.

2위 그룹이 늦게 나타날수록 태수하고의 거리가 가깝다는 뜻이니까 늦으면 늦을수록 좋지만 이상하게도 불안감을 떨쳐 낼 수가 없다.

좌좌자아아악—

태수의 기억이 정확하다면 이 내리막 끝에 평지가 나오고 그 평지의 끄트머리에 하위 반환점이 있다.

긴 내리막 도로가 완만하게 오른쪽으로 구부러지고 있다. 태수의 속도가 조금씩 빨라져서 57km/h에 이르렀을 때 오른쪽으로 구부러진 도로 끝에 뭔가 붉은 물체가 나타났다.

아래 위 붉은 라이딩복을 입은 선수다. 너무 멀어서 누군지 알아볼 수는 없지만 태수와 붉은 선수가 교차하는 지점이 약 99km쯤 될 것이라는 계산이 나왔다.

반환점이 102km니까 태수와 2위하고는 약 6km의 거리이고 시간으로는 대략 9분 정도다.

2위는 선두 키엔레하고 5분 정도의 시간 차이다. 로드 바이크 피니시까지 가면 아마도 2위와 키엔레의 거리는 10분 이상 벌어질 것이다.

키엔레는 후반에 강하다. 그는 자신이 가장 자신 있는 로드 바이크에 전력을 쏟기 때문에 마라톤 기록은 2시간 55분대로 저조하다.

하지만 매번 로드 바이크에서 2위와 10분 이상 거리를 벌려놓기 때문에 종합기록에서 우승하는 것이다.

태수는 2위와 50m 거리까지 가까워졌지만 그가 누군지 알아보지 못했다.

고글에 헬멧까지 쓰고 있는 상대를 알아보는 일은 쉽지 않다. 헬멧 앞부분에 번호가 붙어 있으나 작은 글씨라서 아직은 보이지 않는다.

그런데 에어로바 자세를 취하고 있는 맞은편의 붉은 선수가 태수를 향해 왼손을 들더니 엄지손가락을 치켜세우며 고글 아래의 입이 싱긋 미소를 지어 보였다.

'아……'

그 모습을 보고 태수는 붉은 선수가 크랙 알렉산더라는 사실을 비로소 깨달았다.

취리히대회에서 태수는 마지막 마라톤에서 '사냥몰이'로 알렉산더를 몰아붙였으며, 마지막에 그를 추월했을 때 그가 엄지손가락을 세우며 했던 말은 아직도 생생하다.

"Amazing! You are the BEST(놀라워! 당신 최고야)!"

태수는 알렉산더가 지나가기 전에 그에게 엄지손가락을 세워 보였지만 미소를 짓지도 아무 말도 하지 않았다. 미소를 지어줄 마음의 여유가 없기 때문이다. 엄지손가락을 치켜세운 것은 그저 반사적인 응답이었을 뿐이다.

크랙 알렉산더 뒤로 멀찍이 드문드문 선수들이 따르고 있다. 태수는 그들을 일일이 세어보지 않아도 28명일 것이라는 사실을 이미 알고 있다.

"태수!"

그런데 맞은편에서 달려오는 선수들 중에 누군가 태수를 부르는데 목소리가 귀에 익었다.

태수가 쳐다보자 헨리가 하이파이브라도 하려는 것처럼 태수 쪽으로 팔을 길게 뻗으며 웃었다.

"태수가 우승해! 내가 2위 할게!"

서로 도로 가장자리를 달리고 있으므로 팔을 뻗는다고 하이파이브를 할 수 있을 리가 없다. 헨리는 단지 하이파이브를 한다는 느낌으로 태수에게 응원을 하는 것이다.

헨리는 태수가 우승을 하고 자기는 2위를 하겠다고 외쳤다.

말이라도 고마웠다. 그렇지만 태수는 알렉산더와 마찬가지로 헨리에게도 뭐라고 해줄 말이 없다. 아니, 지금은 고함을 지를 기분이 아니다.

헨리가 몇 위로 달리고 있는지도 보지 못했을 정도로 태수의 마음은 어지러웠다.

오른쪽으로 완만하게 굽은 긴 내리막이다. 이 내리막 끝에 반환점 하위가 있다.

황무지가 끝나고 푸른 초원이 나타났으며 도로 양편으로 작은 숲과 그림처럼 예쁜 집들이 드문드문 보였다.

그러고는 도로변에 사람이 몇 명인가 보이는 것 같더니 갑자기 수백 명으로 불어나서 태수에게 열렬한 박수와 환호를 보내주었다.

하위 주민들이며 그들은 태수가 누군지 모른다. 그저 자기들 마을을 지나는 선수에게 응원을 보내고 있는 것이다.

도로 맞은편에서 선수들이 줄지어 태수를 스쳐 지나갔다. 앞선 28명 중에 후미의 선수들이다.

좌아아아아아악—

저 멀리 반환점과 스페셜 보급소가 보일 때쯤 태수의 속도는 55km/h에 도달했다.

평지에서는 대단한 속도인데 태수 자신도 모르게 다리에 힘이 잔뜩 들어갔다.

선두와 후미선수들을 직접 보게 되니까 반사적으로 승부욕이 솟구쳤기 때문이다.

"후우우… 하아아… 후우우… 하아아……."

스페셜 보급소에 사람이 너무 많이 몰려 있어서 어디가 타라스포츠 테이블인지 여기서는 알 수가 없다.

그때 보급소 테이블 끄트머리쯤에서 한 사람이 도로 쪽으로 몇 걸음 걸어 나오면서 태수 쪽을 쳐다보았다.

멀리서도 한눈에 알아볼 수 있는 미끈한 미녀 민영이다. 민영이 태수를 발견하고는 두 팔을 번쩍 들고 마구 흔드는데 얼굴에 반갑고 기쁜 기색이 역력했다.

민영을 발견한 태수는 마치 드넓고 적막한 사막을 혼자서 헤매다가 마침내 집으로 돌아와 아내를 만나기라도 하는 듯한 기분이 들었다.

그러고 보니까 태수가 대회에 나가서 시합을 하는 곳에는 언제나 민영이 함께했었다.

다시 말해서 태수가 희로애락할 때 민영은 늘 곁에서 같이 웃고 울었다는 뜻이다.

스페셜 테이블에 있던 민영과 심윤복 감독은 태수가 힘차게 달려오는 모습을 발견하고 크게 놀라면서도 기쁨을 감추지 못했다.

태수가 수영을 마치고 로드 바이크를 스타트했을 때 순위가 93위였는데 지금은 무려 29위로 상승했기 때문이다.

민영과 심윤복 감독은 태수가 로드 바이크에서 평균만 해주고 마라톤에서 눈부신 활약을 할 것이라고 기대했었다.

로드 바이크에서의 평균이란 20~25명쯤 추월해서 70위 정도 되는 것이고, 마라톤에서의 눈부신 활약은 40명 정도 앞질러서 종합순위 30위권에 드는 것을 뜻한다.

트라이애슬론의 성지인 하와이 코나대회는 전 세계의 날고 기는 정상급 선수들이 모조리 모여들어 날카롭게 날 선 진검으로 승부를 겨루는 피 튀기는 전쟁터다.

이런 곳에서 태수가 50위권 안에만 들어도 트라이애슬론에 도전한 첫해로서는 큰 성과라고 할 수 있다.

그런데 태수가 로드 바이크에서 무려 64명을 추월하여 일약 29위로 반환점에 도착했으니 민영과 심윤복 감독은 놀라지 않을 재간이 없었다.

심윤복 감독은 태수가 반환점에 당도하면 해줄 말들을 미리 준비하고 있었지만 지금은 그것들이 아무 소용없게 돼버렸다. 그렇다고 해서 아무 말이나 해줄 수는 없다.

"잘하고 있다!"

태수가 스페셜 테이블 앞을 지날 때 심윤복 감독은 그렇게만 외쳐주었다. 태수는 정말 잘하고 있었다.

타라스포츠 서포터 2명이 태수를 따라서 냅다 뛰며 양손에 들고 있는 물과 음료, 간식거리를 전달해 주었다.

민영도 서포터들과 함께 태수 옆에서 나란히 달리며 상기된 얼굴로 소리쳤다.

"최고야, 오빠! 우승해 버려!"

민영은 심윤복 감독처럼 '잘하고 있다!'는 말은 하고 싶지 않았다.

그 대신 태수가 언제나 그랬던 것처럼, 코나에서도 윈드 마스터의 기적을 일으키기를 원했다.

태수는 민영을 보면서 싱긋 미소 지으며 손을 내밀었다.

민영도 빠르게 달리면서 손을 내밀어 두 사람은 아주 잠시 동안 손을 잡았다. 민영은 그 손길을 통해서 만 가지 의미가 전달되는 것을 느꼈다.

태수는 스페셜 보급소에서 다른 선수들은 갖지 못한 매우 특별한 보급품을 받았다.

그것은 민영의 뜨거운 응원과 사랑이다.

하위 반환점을 돌아 다시 코나로 돌아가는 길에 태수는 한 가지 사실에 대해서 잠시 고민했다.

앞에서 달리고 있는 28명을 어떻게 해야 할 것인가에 대한 고민이다.

하나는, 로드 바이크에서 할 수 있는 데까지 전력으로 추월을 해놓고 나서 마지막 마라톤에 임하는 것이다.

또 하나는 로드 바이크에서 웬만큼 체력을 비축하면서 지금 상태만 유지하다가 가장 자신 있는 마라톤에서 스퍼트하여 무더기로 추월을 하는 것이다.

태수는 한동안 고민했지만 지금 상황에서 어떻게 하는 게 좋은지 결정을 내리지 못했다.

이렇게 해도 저렇게 해도 둘 다 각각 좋은 점과 나쁜 점이 있기 때문이다.

그러면서도 부지런히 페달링을 하여 오르막에서 34km/h의 속도로 달렸다. 이곳은 조금 전 반환점을 돌기 전의 마지막 내리막이었다.

평지에서 아우터×아우터를 놓고 달리다가 탄력을 받아 계속 달렸기 때문에 속도가 조금씩 떨어지고 페달링이 점점 힘들어졌다.

그때 저만치 오르막의 왼쪽으로 굽은 도로에 후미주자 한 명이 언뜻 보였다가 사라졌다.

그 순간 태수는 생각할 것도 없이 앞 기어를 두 단계 높여 이너×아우터로 놓고 힘차게 페달을 밟았다.

까락… 좌아아아아악—

전방에 아무도 없을 때는 이럴까 저럴까 고민을 했었지만 일단 눈앞에 추월해야 할 대상이 나타나니까 고민할 일이 사라져 버렸다. 표적이 나타나면 일단 추월해 놓고 그다음을 생각하는 것이다.

조금 전에 태수와 마지막 후미주자 사이의 거리가 200m 쯤이었는데 태수가 왼쪽으로 굽은 코너에 진입해서 보니까 170m로 좁혀져 있었다.

왼쪽으로 완만하게 굽은 오르막의 양쪽에는 하위마을 끝자락에 위치한 아담한 집들이 있다.

이 오르막을 넘으면 또다시 생물이라고는 살지 않는 거친 황무지와 측면에서의 거센 강풍이 몰아칠 것이다.

"후우우… 하아앗… 후우우… 하아앗……."

태수는 무리하지 않고 적당한 빠르기의 페달링으로 32㎞/h 속도를 유지하면서 마지막 후미주자와의 거리를 조금씩 좁혀 갔다. 이 정도 오르막 경사에서 32㎞/h라면 매우 빠른 속도다.

태수가 봤을 때 마지막 후미주자의 속도는 30㎞/h쯤이다. 태수에게 쫓기고 있는 것을 알기 때문에 그 선수도 안간힘을 쓰고 있다.

하지만 태수는 오르막이 끝나기 전에 그 선수를 추월할 수 있을 것이라고 생각했다.

자아아아악—

태수가 마지막 후미주자를 추월하고 있을 때 전방에 또 한 명의 선수 뒷모습이 보였다.

내침 김에 오르막에서 그 선수도 추월하기로 작정하고 조금 힘을 주어 페달링을 했다.

속도가 33km/h로 올랐다.

오르막을 300m쯤 남겨둔 지점에서 2명째를 추월했다.
정말 오랜만에 순위가 올라 27위가 되었다.
태수는 오르막을 넘으면 내리막에서 선수가 3명쯤 보일 것
이라고 짐작했다.
아까 반환점을 돌기 전에 맞은편에서 후미주자 5명이 띄엄
띄엄 오는 것을 봤기 때문이다.
그런데 막상 오르막에 올라서 내리막을 굽어보니까 한 명
도 보이지 않았다.
내리막길은 길고도 아주 완만하게 왼쪽으로 굽었으며, 시야
가 미치는 끝까지 1.5km쯤 되는 것 같은데도 예상을 깨고 그
안에 한 명의 선수도 달리고 있지 않았다.
아까 반환점을 돌기 전에 봤던 5명은 서로의 간격이 길어야
300m를 넘지 않았었는데 지금은 5명 중에 선두 3명이 1.5km
이내에 보이지도 않는다.
태수는 이 내리막이 꽤 길고 내리막 다음에는 평지가 이어
졌기 때문에 그들 3명이 여기에서 속도를 높였을 것이라고 짐
작했다.

또다시 외로운 독주(獨走)가 시작됐다.

내리막에 이어 곧게 뻗은 직선도로를 46㎞/h의 속도로 내달리고 있는데도 전방에는 아무도 보이지 않는다.

조금 전 오르막에서 2명을 추월할 때만 해도 이번 작전을 '최대한 추월'로 하자고 마음먹었는데, 막상 자기 혼자만의 외로운 독주가 길게 이어지자 태수의 마음이 냉정하게 식어버렸다.

'여기에서 힘을 다 뺄 필요 없다. 어차피 키엔레와 알렉산더는 잡지 못한다.'

로드 바이크에서 키엔레와 태수가 22분 차이가 날 경우, 키엔레가 마라톤에서 재작년처럼 2시간 55분을 기록한다고 가정을 하면, 태수는 2시간 32분을 기록해야지만 키엔레를 1분 차이로 이길 수가 있을 것이다.

태수는 취리히대회 마라톤에서 2시간 37분 12초를 기록했었으니까 이번 대회에서 5분을 줄이는 것은 불가능한 일만은 아니다.

만약 로드 바이크에서 키엔레와의 기록을 2~3분만이라도 줄일 수 있다면 마라톤에서 키엔레를 잡을 가능성은 조금 더 높아질 것이다.

그렇지만 이건 어디까지나 키엔레가 끝까지 선두로 달린다는 가정하에서의 작전이다.

아까 태수가 봤을 때 2위는 크랙 알렉산더였으며 몇백 미터 뒤에서 따르고 있는 3위는 작년 우승자 얀 프로데노였고, 4위는 프레데릭 리에르데였다.

뿐만 아니라 그 뒤로는 누가 우승을 하든 조금도 이상하다는 생각이 들지 않을 정도의 쟁쟁한 선수들이 줄을 이어 달리고 있었다.

그러니까 크랙 알렉산더나 얀 프로데노, 프레데릭 리에르데가 우승권을 달릴 때에는 태수의 작전이 조금 달라져야 한다. 그렇지만 큰 틀에서의 작전은 결국 거기서 거기다.

아까 반환점을 향해 달릴 때도 그랬었지만 혼자 라이딩을 할 때면 전혀 예상하지도 않았던 여러 생각이 불쑥불쑥 떠오르곤 한다.

태수 자신이 지금껏 살아왔던 일들이 두서없이 아무렇게나 떠올랐다가는 길게 생각할 것도 없이 사라지기를 반복했다.

지금도 마찬가지다. 라이딩에 별로 도움이 되지 않는 것들이 옛날 무성영화의 낡은 필름처럼 툭툭 끊어지듯이 이어지고 있다.

돈은 똥이다.

그런데 문득 그런 말이 태수의 뇌리를 두드렸다. 돈은 똥이라는 말을 어디에선가 들은 적이 있었는데 정확히 무슨 뜻이었는지는 잘 기억이 나지 않았다.

'뭐였지?'

워낙 강한 의미를 지닌 말이라서 태수는 부지런히 페달링

을 하면서 골똘히 생각하다가 마침내 속으로 아! 하고 탄성을
터뜨렸다.

언젠가 TV에서 우연히 보게 된 강원도 정선 함백마을에 사
시는 어떤 할머니에 대한 이야기였다.

할머니 존함은 생각나지 않았지만 할머니가 하신 훌륭한
일에 대해서는 소상하게 기억하고 있다.

할머니와 할아버지 부부는 일평생 이웃을 위해 헌신하셨고
평생 일군 전답 모두를 기부했으며 정선 탄광촌에 학교를 세
워 문맹 퇴치에 기여하셨다.

할아버지께서 돌아가신 후 할머니는 기초생활수급자가 되
셨지만, 하루 한 번 배달되는 도시락 하나로 세 끼니를 모두
해결하시고 정작 자신이 받은 기초생활수급비는 매번 장학금
으로 선뜻 내놓으셨다.

그렇게 누구나 알고는 있지만 누구나 할 수 없는 '나눔'을
평생 몸소 실천하신 할머니께서 하신 말씀이 있다.

"돈은 똥이다. 쌓이면 악취를 풍기지만, 뿌리면 거름이 된
다."

그 위대한 할머니는 작년 3월에 조용히 눈을 감으셨다.
'돈은 똥이다……'

태수는 그때 굉장히 큰 감명을 받았었다. 그리고 자신도 꼭 할머니처럼 돈을 가치 있게 써야겠다는 생각을 했었다.

할머니 말씀이 딱 맞다. 돈이 쌓이면 악취를 풍길 뿐 아니라 파리와 벌레들이 꼬이고 나중에는 자신의 정신마저도 썩게 만든다.

지금 태수는 가만히 있어도 매월 수백억 원의 돈이 저절로 쌓이고 있다.

게다가 호텔이 영업을 시작하게 되면 더 많은 돈이 산처럼 쌓이게 될 것이다.

그걸 가만히 놔두면 점점 똥이 되어갈 것이다. 그러니까 똥이 되어 아무 짝에도 못 쓰기 전에 좋은 사용처를 찾아야만 할 것이다.

태수는 138㎞까지 가는 동안 다시 3명을 추월하여 24위로 올라설 수 있었다.

로드 바이크를 스타트해서 반환점까지 가는 동안 64명을 추월했었는데 반환점을 돌고 나서는 겨우 5명밖에 추월하지 못했다. 그만큼 선두그룹이나 2위 그룹이 강하다는 것이다.

태수가 달리고 있는 카와이하에 로드 끝에 삼거리가 나타났다. 진행요원들이 코나로 가는 우측 도로 퀸카아후마누 하이웨이를 가리키고 있다.

우회전을 한 태수는 갑자기 불어오는 강한 바람에 움찔 놀랐다. 조금 전까지만 해도 측면에서 불던 바람이 우회전을 하니까 정면, 즉 맞바람이 거세게 휘몰아쳤다.

두 팔을 에어로바에 얹은 자세에서 고개를 더 숙였다. 앞을 보려고 고개를 들면 맞바람이 얼굴과 양어깨를 때려서 바이크와 몸이 한꺼번에 뒤로 움찔거릴 정도다.

속도계를 보니까 평지인데도 불구하고 38㎞/h밖에 나오지 않고 있다.

평지에서 최소 45㎞/h까진 속도가 나와줘야 하는데 마음이 답답하기 짝이 없다.

가만히 생각해 보니까 여기서부터 케카하카이 주립공원까지는 줄곧 오르막과 내리막이 반복되는 직선도로라서 계속 맞바람을 맞으면서 가야만 할 것 같다.

또한 이곳에서 케카하카이 주립공원까지는 장장 30㎞ 거리니까 선두 키엔레부터 태수까지 24명 모두가 이 맞바람 영향권 안에 있는 것이다.

태수 자신만 이런 상황에 놓인 것이 아니라 선두부터 모두 똑같은 조건이라는 사실이 큰 위안이 돼주었다.

'이럴 때 거리를 좁혀보자.'

그러다가 문득 그런 생각이 들었다. 24명이 모두 똑같은 상황에 처해 있다면, 조금이라도 체력과 정신력이 강한 사람이

유리할 것이다.

태수는 고개를 더 숙여서 아예 아래를 쳐다보고, 에어로바에 얹은 두 팔을 더 좁혀서 바람의 저항을 최소화하고 케이던스를 10회 정도 높였다.

자자아아아—

"후후우우… 하아아아… 후우우… 하아아……."

얼굴을 두 팔에 묻은 자세라서 숨소리가 훨씬 더 거칠고 크게 들렸다.

계속 직선도로이기 때문에 굳이 고개를 들어 전방을 확인할 필요가 없다.

아스팔트의 노견을 표시한 흰 선만 따라가면 도로에서 벗어나지 않을 것이다.

"윈드 마스터!"

얼마나 그렇게 달렸을까. 어느 순간 갑자기 모터바이크의 촬영팀 중 한 명이 측면에서 다급히 외쳤다.

태수는 반사적으로 고개를 들다가 화들짝 놀랐다. 바로 코앞에 한 선수의 등이 보였기 때문이다.

제62장
WIND MASTER

가각…….

태수는 급히 핸들을 왼쪽으로 틀었다.

자아아악—

태수의 바이크가 앞 선수 바이크 뒷바퀴에 닿을 듯 말 듯 하면서 왼쪽으로 아슬아슬하게 비켜 나갔다.

만약 45㎞/h의 속도로 달리다가 2대의 바이크 바퀴끼리 부딪쳤다면 그대로 전복 사고로 이어졌을 것이다. 그렇게 되면 두 사람이 부상을 입는 것은 물론이고 태수는 무조건 실격으로 처리된다.

태수는 간발의 차이로 충돌을 면하고 앞 선수를 추월하여 앞으로 나아갔다.

앞 선수는 자신이 충돌 위기에 처했었다는 사실도 모르는 듯 상체를 숙이고 묵묵히 라이딩만 하고 있다.

태수가 조금 전에 자신에게 소리친 사람을 찾으려고 왼쪽을 쳐다보니까 어떤 모터바이크 뒷자리 촬영석에 앉은 백인이 엄지손가락을 치켜세웠다. 태수는 그를 향해 가볍게 목례를 해서 고맙다는 표시를 했다.

태수가 고개를 들어보니까 전방 멀리에 또 한 선수가 달리고 있는 뒷모습이 아득하게 보였다.

내친김에 그 선수마저 추월하려고 슬쩍 스탠딩 자세를 취하며 힘차게 페달을 밟았다.

전방의 선수는 250m 거리인데 태수는 그를 다음 추월 표적으로 삼았다.

그런데 예상하지 않았던 일이 벌어지려 하고 있다. 태수가 속도를 높여서 이윽고 그 선수의 왼쪽 측면에 나란히 붙었는데 그가 좀처럼 떨어져 나가지 않았다.

좌자자아아악—

맞바람이 거세게 불고 있지만 가속도가 붙은 태수의 속도는 47km/h에 육박하고 있다.

그런데도 오른쪽의 선수는 뒤처지지 않고 오히려 태수를

조금씩 앞지르기 시작했다.

그때 태수의 시야에 오른쪽 선수의 왼쪽 어깨에 적힌 번호가 들어왔다.

7번이다. 태수는 자료에서 봤던 선수 명단을 기억하려고 애썼다. 7번을 받았다면 유력한 우승 후보 중 한 명이다. 태수는 173번이니까 비교도 되지 않는다.

'7번… 7번…….'

7번을 입속으로 몇 번 되뇌다가 이름이 번쩍 떠올랐다.

'티모 브라하트다!'

코나대회에서는 한 번도 우승을 한 적이 없지만 두 번이나 유럽챔피언을 지낸 트라이애슬론의 강자다.

독일 선수이며 현재 세계랭킹 4위. 로드 바이크 브랜드 자이언트 소속인 브라하트는 로드 바이크에서 4시간 19분대의 기록으로 세바스티안 키엔레보다 1분 빠르며 마라톤에서는 2시간 44분대의 기록을 보유하고 있다.

하지만 그는 코나대회하고는 인연이 없어서 한 번도 입상권에 들지 못했었다. 그것은 그의 오랜 징크스였다.

사실 브라하트는 줄곧 선두권에서 달리다가 타이어가 펑크 나는 바람에 타이어를 교체하느라 3분 정도 시간을 지체할 수밖에 없었다.

이후에 다른 선수를 20명이나 줄곧 추월하다가 잠시 쉬고 있을 때 태수가 추월하겠다가 옆에 따라붙으니까 자신도 스퍼트를 한 것이다.

브라하트가 치고 나가는 바람에 태수는 5m쯤 뒤처졌는데 그때 문득 좋은 생각이 떠올랐다.

'브라하트를 페메로 삼자.'

그러면서 '사냥몰이'를 병행하면 더 좋을 것이다. 태수가 바싹 따라붙으면 브라하트는 계속 속도를 높여가면서 도망칠 것이고, 그래서 그를 놓치지 않고 따라가면 자연히 다른 선수들을 추월하게 될 것이다.

자자아아자라라락—

태수는 빠르게 돌아가고 있는 페달에 좀 더 힘을 가해서 케이던스를 높이며 브라하트 왼쪽으로 나란히 붙었다.

아니, 붙었다고 여긴 순간 브라하트의 속도가 올라가며 태수를 뿌리치고 느릿하게 앞서 나갔다.

태수의 작전대로 되고 있다. 하긴, 굳이 태수가 아니더라도 브라하트 같은 최정상급 선수가 20위권 밖에서 허송세월을 보내고 있을 리가 없다.

23위가 된 태수는 22위 브라하트를 3m 뒤에서 바짝 추격하며 그에 맞춰서 점점 속도를 높였다.

전방에서 거센 맞바람이 몰아치는데도 두 사람은 49㎞/h의 속도로 질주했다. 두 사람이 서로에게 상승효과를 일으키고 있는 것이다.

"후우욱… 하아앗… 후우욱… 하아앗……."

태수는 호흡이 가빠지기 시작했다. 이대로 가면 20분 이내에 호흡이 극한까지 도달할 것이라고 예상하지만 속도를 늦추지 않았다.

앞서 달리고 있는 브라하트도 거칠게 숨을 몰아쉬는 게 태수 귀에 똑똑히 들렸다.

태수는 자신보다는 브라하트가 더 먼저 속도를 늦출 것이라고 확신했다.

호흡이 점점 가빠지고 있는데도 속도는 51km/h로 좀 더 빨라졌으며, 그사이에 2명을 추월하여 브라하트는 20위, 태수는 21위로 올라섰다.

거리 표시계가 155km를 가리켰다. 앞으로 25km만 가면 피니시인데 태수는 21위까지 올라섰으니까 목표를 넘었기 때문에 일단 성공이라고 할 수 있다.

그러니까 이제부터는 덤이다. 현 상태를 유지하면서 무리하지 않는 범위 내에서 몇 명 더 추월하면 좋고 그러지 못한다고 해도 상관없다.

브라하트가 세계최정상급 아이언맨이라고 해도 코어 근육과 폐활량에서 태수를 따라올 수는 없을 것이다.

더구나 태수는 이번이 겨우 세 번째 트라이애슬론 정식 대회에 참가하는 것이며, 한 번 경기에 참가할 때마다 경이로운 학습력으로 발전해 나가고 있다.

도로 왼쪽으로 수백 대의 로드 바이크가 파도처럼 쏟아져 마주 달려오고 있다.

아마추어 선수들이 도로를 거의 점령하다시피 몰려오고 있는 것이다.

여태까지 꽤 많은 아마추어 선수들이 도로 반대편으로 지나갔지만 태수는 거의 신경을 쓰지 않았으며 또한 그를 촬영하는 모터바이크들 때문에 보이지도 않았었다.

지금까지 지나간 엘리트 여자 선수나 아마추어 선두주자들은 폭 넓은 도로 반대편 노견에서 일렬로 긴 띠를 이루어서 지나갔지만, 지금은 아마추어 후미주자들이 떼를 지어 도로의 절반을 차지한 채 와자지껄 달리고 있어서 태수의 시선을 끌지 않을 수가 없다.

태수는 그제야 문득 티루네시와 그웬이 생각났지만 여자 엘리트 선수인 그녀들이 저 무리에 섞여 있을 리가 없다.

도대체 태수의 심리 상태가 어땠었기에 그녀들을 까맣게 잊고 있었는지 모를 일이다.

도로가 왼쪽으로 굽으면서 맞바람이 이제는 왼쪽 측면에서 불어오고 있다. 그래도 맞바람보다는 훨씬 나아서 갑자기 속도가 쑥 올라갔다.

현재 태수의 속도는 51㎞/h까지 상승했지만 반대로 브라하트가 뒤로 처지기 시작했다.

"헉헉… 학학… 헉헉헉……."

브라하트의 거친 숨소리가 태수의 오른쪽에서 들렸다. 그는 태수를 힐끗거리면서 이를 악문 모습인데 추월당하지 않으려고 안간힘을 다하는 모습이 역력하다. 그렇지만 거기까지가 그의 한계다.

"후우욱… 하아앗… 후우욱… 하아앗……."

남다른 폐활량과 특수한 호흡법을 지닌 태수는 아직 이 정도로는 호흡이 극한에 이르지 않았다. 그는 천천히 브라하트를 앞질러 나갔다. 태수를 20위에 올려놓은 제물은 뜻밖에도 브라하트가 되어주었다.

길고도 완만한 오르막이 시작됐다. 태수의 기억으로는 이것이 마지막 오르막이다.

이걸 넘으면 역시 마지막 내리막이 시작되고 그 끝에 코나가 기다리고 있다.

현재 162㎞까지 왔으며 소요된 시간은 4시간 8분이다. 앞으로 남은 거리 18㎞를 가는 동안에 운이 좋아서 한두 명이라도 추월할 수 있다면 마라톤에서 충분히 입상권을 기대할 수 있을 것이다.

힐끗 뒤돌아보니까 브라하트는 50m까지 뒤처졌다. 더구나 오르막이라서 거리는 점점 더 멀어지고 있다.

그걸 보고 나서 태수는 부쩍 용기가 생겼다. 세계 최정상급 선수인 브라하트를 잡았다면 현재 앞서가고 있는 19명도 잡을 수 있다는 자신감이 팽배해졌다.

태수를 촬영하는 모터바이크도 18대로 불어났지만 태수 자신은 모르고 있으며 관심도 없다.

햄스트링이 뻐근하지만 이건 고통이 아니라 기분 좋은 뻐근함이다. 허리나 장딴지가 아프지 않으면 그것으로 괜찮다고 봐야 한다.

체력은 아직 모른다. 체력을 얼마나 소비했으며 어느 정도 남았는지는 닥쳐봐야지만 알게 되는 것이지 미리 파악하는 건 불가능하다.

다만 어느 정도 소비됐겠고 얼마나 남았을 것이라고 계산 정도는 할 수가 있다.

긴 오르막의 중간쯤, 그러니까 태수 전방 300m에 한 선수가 허위허위 달려가고 있다.

'너도 내 밥이다.'

오르막이라서 속도가 조금씩 떨어지고 있지만 그다지 신경 쓸 일은 아니다.

그의 속도가 떨어진다면 앞 선수는 더 느려지고 있을 것이기 때문이다.

오르막 정점을 50m 앞둔 곳에서 태수는 앞 선수의 왼쪽으로 나란히 달리면서 그의 어깨를 쳐다보았다.

어깨에 적힌 번호는 9번이다. 아까는 7번 브라하트를 기억해 내는 데 애를 먹었지만 브라하트보다 유명하지 않은 9번의 이름이 바인 캘러한이며 그가 올해 인천송도 70.3대회에 참가했었다는 사실까지도 선명하게 기억났다.

반환점에서 차를 타고 태수보다 먼저 카일루아 코나에 도착한 민영과 심윤복 감독, 듀랑 코치는 너무 놀랍고도 기쁜 나머지 동시에 환호성을 터뜨렸다.

놀랍게도 태수가 로드 바이크 순위 17위로 T2 바꿈터를 향해 달려 들어오고 있기 때문이다.

로드 바이크 180km를 달리는 동안 태수는 사고는 물론이고 미끄러지거나 타이어 펑크조차도 나지 않고 무사히 피니시에 골인하고 있다.

"오빠!"

"태수야!"

하늘에 맹세코 민영과 심윤복 감독은 지금껏 단 한 번도, 그리고 한순간도 태수가 코나대회에서 입상권에 들 수 있을 것이라고 기대한 적이 없었다.

그러나 태수를 소리쳐 부르고 있는 지금 이 순간 두 사람은 어쩌면 태수가 이곳 미지의 세계에서 또 한 번의 기적을 이룰지 모른다는 생각이 들었다.

바리케이드 바깥의 민영과 심윤복 감독은 바이크에서 내린 태수가 바이크를 진행요원에게 건네는 모습을 보면서 바락바락 악을 썼다.

"오빠! 선두 키엔레 4시간 17분이야!"

"태수야! 22분 잡을 수 있다! 넌 할 수 있어!"

선두 키엔레는 로드 바이크 기록이 4시간 17분이고 태수는 4시간 39분으로 22분 차이다.

키엔레가 재작년 우승했을 때의 마라톤 기록 2시간 55분을 가정한다면 태수는 2시간 31분에 골인해야지만 우승을 거머쥘 수가 있을 것이다.

클릿슈즈를 벗은 태수는 맨발로 바꿈터 안으로 달려 들어갔으며, 민영과 심윤복 감독은 마라톤 스타트라인 쪽으로 급히 달려갔다.

로드 바이크 피니시라인에서 마라톤 스타트라인은 길 하나만 건너면 된다.

타타타탁탁탁탁—

태수는 바꿈터 내에 배치된 진행요원들의 안내에 따라서 바꿈터 오른쪽을 맨발로 내달렸다.

넓은 바꿈터 안쪽을 한 바퀴 돌고 나서 지정된 장소에 있는 자신의 바구니에서 양말과 마라톤화 등을 착용한 후에 스타트라인으로 달려 나갔다.

타라스포츠 라이딩복에 타라스포츠 마라톤화와 고글을 쓴 태수를 따라서 바리케이드 바깥에서 달리고 있는 민영과 심윤복 감독이 실성한 것처럼 소리쳤다.

"오빠, 우승하면 원하는 거 다 해줄게!"

"태수야! 순덕이 임신했다!"

달리던 태수와 민영이 동시에 심윤복 감독을 쳐다보았다.

심윤복 감독은 태수를 보며 외쳤다.

"야, 인마! 순덕이한테 축하 선물 멋진 거 한번 쏴라!"

태수는 심윤복 감독에게 엄지손가락을 치켜세워 보이고는 고꾸라질 것처럼 달려 나갔다.

멈춰선 민영은 빠르게 멀어지고 있는 태수 뒷모습을 보면서 아련한 표정을 지었다.

"감독님, 기분이 이상해요."

"뭐가요?"

"오빠 아무래도 또 일낼 거 같아요."

"나도 그래요. 저 괴물 같은 놈이 코나에서 3위라도 하면 대한민국 또 한 번 뒤집어질 겁니다! 하하하!"

태수는 로드 바이크 코스와 반대 쿠아키니 하이웨이 쪽으로 달려 나갔다.

타타탁탁탁탁탁탁—

스타트하자마자 200m를 달리면서 속도를 재보니까 ㎞당 3분 40초다.

그 속도로 계속 달려 골인하면 2시간 35분의 기록이다. 키엔레가 2시간 55분에 골인하는 것으로 가정했을 때, 태수는 그에게 22분 뒤처진 상황에서 2시간 35분에 골인하면 4분 늦게 된다.

2위와 3위의 기록이 어떻게 나올지 모르지만, 키엔레보다 4분 늦는 것은 아무래도 위험하다.

만약 1, 2, 3위가 서로 선두 다툼을 하다가 거의 동시에 골인하거나 4분 이내에 골인하는 생긴다면, 4분 늦는 것이 4위나 5위로 밀릴 수도 있다.

마라톤에서도 그런 일이 종종 일어나는 것을 태수는 여러 번 봤었다.

그렇기 때문에 트라이애슬론에서 그런 일이 벌어지지 말라는 법은 없다.

태수는 180㎞ 장거리를 4시간 30분 가까이 라이딩을 하다가 갑자기 두 다리로 달리기 시작하니까 자세가 무너져서 제대로 달리는 폼이 나오지 않았다.

마라톤의 전설인 태수조차도 장시간 로드 바이크에 익숙해진 자세를 달리기 자세로 전환하는 데에는 최소한 2~3㎞ 정도 달려야지만 가능할 것이다.

태수가 슬쩍 뒤돌아보니까 후방 300m쯤에서 한 명이 뒤따라오고 있었다.

한 번 더 뒤돌아보며 확인해 본 결과 아까 로드 바이크에서 태수가 추월했던 티모 브라하트인 것 같았다.

아까 태수는 브라하트를 추월하여 20위가 된 후에 피니시까지 3명을 더 추월하여 17위로 골인했는데 브라하트 역시 3명을 추월하여 태수를 추격하고 있다. 역시 정상급 선수다운 실력이다.

하지만 태수는 브라하트를 전혀 신경 쓰지 않는다. 전문 분야인 마라톤에서 브라하트에게 추월당할 정도면 아예 은퇴를 해버려야 할 것이다.

마라톤 코스는 로드 바이크 코스와는 전혀 달라서 로드 바이크 코스의 정반대인 해변도로 알리이 드라이브를 6㎞쯤 달리다가 U턴하여 첫 번째 반환점을 돈다.

그리고 다시 코나로 되돌아와서 시내 중심을 통과하여 공항까지 13.5㎞ 정도를 갔다가 두 번째 반환점을 돈다. 이후 코나로 돌아와 시내 외곽을 한 바퀴 돌고는 피니시로 골인하는 코스다.

마라톤 코스에 대해서 단단히 숙지를 하고 있는 태수는 어디에서 어떻게 어떤 속도로 달릴 것인지 사전에 작전을 세밀하게 짜두었다.

그렇지만 작전이라는 것은 실전 상황에 따라서 얼마든지 변할 수 있다.

또한 작전을 세워두기는 했지만 그 작전을 실행할 체력이 밑바탕되는지도 미지수다.

태수는 몸이 풀리고 제 페이스를 찾을 때까지는 km당 3분 40초 정도로 달리기로 했다.

곧게 뻗은 직선 해변도로 태수 전방 먼 곳에 2명이 달리고 있는 광경이 보인다.

거기까지 각각의 거리는 대충 300m와 400m쯤 될 것 같으며, 태수가 그들 둘을 추월하는 데 그다지 오랜 시간이 걸릴 것 같지는 않았다.

코나대회 우승권 선수들의 마라톤 평균 기록은 약 2시간 48분이다. 태수의 지난 취리히대회 기록 2시간 37분보다 11분 정도 늦다.

그렇지만 태수는 코나대회에 대비하여 준비를 철저하게 했으므로 이번 대회에서는 취리히대회 때보다 좀 더 나은 기록을 낼 것이다.

예상 기록은 2시간 34~35분인데, 키엔레를 잡기 위한 2시간 31분보다 3~4분 느리다.

아직까지는 도로 맞은편에서 달려오는 선수가 아무도 없다. 마라톤에서 키엔레가 태수보다 22분 빨리 스타트를 했고 또 2시간 55분의 평균 기록이라면, km당 4분 09초의 속도니까 아마도 3km쯤 가야 맞은편에서 달려오는 키엔레를 볼 수 있을 것이다.

타타타탁탁탁탁—

"후우욱… 하아아… 후우욱… 하아아……."

지금으로선 태수가 해야 할 일이 두 가지다. 빨리 마라톤 제 페이스를 찾는 것과 로드 바이크 라이딩으로 다운된 체력을 회복하는 것이다.

지금처럼 km당 3분 40초의 속도로 달리는 것은 예전 같으면 조깅 수준이지만 현재 체감 속도는 2분 40초의 빠른 속도로 스퍼트한 기분이다.

스타트해서 약 2km쯤 달렸을 때 태수는 거의 마라톤 제 페이스를 되찾아가고 있으며 다운됐던 체력도 어느 정도 회복되기 시작했다.

아까 전방에 까마득하게 보이던 2명은 보이지 않는다. 오르막이 있기 때문에 그 너머에서 달리고 있을 것이다.

태수 주위에는 촬영하는 모터바이크가 일일이 셀 수도 없을 만큼 많이 붙었다.

태수가 로드 바이크에서 무려 17위까지 치고 올라왔다는 자체가 큰 사건인데다, 이제부터 그가 계속 추월해 나갈 것이라는 기대감 때문에 코나대회에서 특종을 잡으려는 취재진들이 벌 떼처럼 모여든 것이다.

전 세계 어딜 가나 기적과 특종을 몰고 다니는 윈드 마스터의 위력은 이 정도로 대단하다.

'자, 이제 조금 달려보자.'

태수는 페이스와 체력을 회복하니까 지금보다 속도를 좀더 높일 수 있을 것 같았다.

'42.195㎞는 그리 길지 않으니까 시간이 없다.'

보통 사람들에겐 마라톤 풀코스 42.195㎞가 무척이나 길게 느껴지겠지만 태수 같은 전문 마라토너에겐 그저 가볍게 뛸 수 있는 짧은 거리에 불과하다.

스타트했다 하면 어느새 피니시라인에 들어서고 있는 자신을 발견하곤 한다.

그렇기 때문에 작전다운 작전을 제대로 발휘하지도 못할 때가 비일비재하다. 그래서 경기가 끝나고 나면 아쉬움에 빠질 때가 많다.

마라톤에서는 처음에 정신없이 달리다가 나중에 정신을 차리게 되는데 그때가 30㎞ 지점이다.

하지만 수영과 로드 바이크를 끝낸 태수의 몸 상태는 마라톤 풀코스를 완주하고 난 이후와 비슷하기 때문에 지금은 정신이 매우 맑고 승부욕이 넘치고 있다.

타타타탁탁탁탁탁—

드디어 태수의 전매특허 윈마주법이 나왔다. 달리면서 조금씩 완벽한 윈마주법이 되어가고 있다.

태수의 속도가 ㎞당 3분 25초로 조금 빨라졌다.

마라토너로서 도로를 누빌 때의 속도하고는 비교도 할 수 없을 정도로 느리지만 여기에선 어느 누구도 흉내 낼 수 없는 최고 속도다. 이 속도로 계속 달리면 2시간 24분에 골인할 수 있다.

현재 태수는 이보다 더 빠른 속도로 달릴 수 있다고 생각하지만 그렇게 한다면 그건 명백한 오버페이스다.

수영과 로드 바이크에서 과연 얼마나 글리코겐을 소비했는지 모르지만 60~70%까지는 증발했다고 봐야만 한다. 그러니까 남은 30~40%의 글리코겐을 여하히 잘 컨트롤해서 피니시까지 달려야 하는데, ㎞당 3분 25초보다 빨리 달리면 오버페이스를 하는 것이라고 본능이 말해주고 있다.

3㎞쯤 달렸을 때 완만한 내리막이 이어졌으며 태수 전방에 아까 봤던 두 선수가 달리고 있다. 아까는 각각 300m와 400m 정도의 거리였는데 지금은 100m와 150m로 확 좁혀진 상황이다.

그리고 그때 도로 맞은편 먼 곳 오르막에서 선두 선수가 모습을 나타내더니 곧장 내리막을 달려 내려오고 있는 모습이 보였다.

역시 선두는 키엔레다. 태수와 키엔레가 서로 교차하는 지점이 3.2㎞라고 봤을 때 첫 번째 반환점이 6㎞이니까 태수가 거리상으로 5.6㎞쯤 뒤처졌다는 것이다.

태수의 현재 속도가 ㎞당 3분 24초니까 시간상으로는 약 19분 정도 뒤진 상황이다.

로드 바이크 골인 기록에서 태수는 키엔레에 22분 뒤졌었는데 어찌 된 일인지 마라톤 3㎞를 달려왔을 뿐인데 키엔레와 3분을 줄인 것이다.

키엔레의 평균속도는 ㎞당 4분 09초이며 태수는 2㎞까지 3분 40초의 속도로 달리다가 2㎞에서 3㎞ 현재까지 3분 24초로 달리고 있다.

그것으로는 태수가 키엔레보다 1분 43초 빨랐다는 계산이 나오는데, 키엔레가 나머지 1분 17초를 어디에서 까먹었는지 모를 일이다.

어쩌면 그는 ㎞당 평균속도 4분 09초보다 더 느린 속도로 달렸는지도 모른다.

그런데 그때 태수의 눈을 의심할 만한 일이 전방에서 벌어지기 시작했다.

키엔레 뒤쪽 오르막에서 갑자기 불쑥 모습을 나타낸 사람은 크랙 알렉산더다.

키엔레와 알렉산더의 거리는 불과 150m 남짓일 뿐이다. 게다가 알렉산더 뒤에 또 2명의 선수가 새로 나타났다.

알렉산더를 뒤쫓는 3, 4위 선수는 얀 프로데노와 프레데릭 리에르데였다.

그야말로 선두 다툼이 치열하다. 한 가지 분명한 것은, 지금 상황으로 봤을 때 키엔레는 머지않아서 선두 자리를 뺏길 것 같았다.

타타타타탁탁탁탁—

태수가 선두 키엔레를 스쳐 지날 때 키엔레는 이번에도 아까처럼 태수에게 눈길조차 주지 않았다.

아니, 2, 3, 4위를 달리고 있는 알렉산더와 프로데노, 리에르데 3명 모두 선두 다툼을 하느라 태수를 쳐다보지도 않고 앞만 보고 달렸다.

한 가지 특이한 점은, 그들 선두에서 4위까지 4명을 촬영하는 모터바이크는 5대뿐이고 태수 한 명에겐 30대 이상 들러붙어 있다는 사실이다.

내리막이 끝나고 짧은 평지 끝의 오르막에서 태수는 앞선 2명을 차례로 추월하여 마침내 15위로 올라섰다.

6km 지점의 첫 번째 반환점을 돈 태수는 다시 코나를 향해 달리는데 속도가 km당 3분 32초로 약간 떨어졌다.

작전상 속도를 줄인 것이 아니라 저절로 느려졌기 때문에 태수는 자신이 계산한 것보다 체내의 글리코겐이 더 빨리 소비된 것이 아닌지 염려스러웠다.

로드 바이크 라이딩이 생각했던 것보다 훨씬 힘들었기 때문에 미리 계산한 것 이상의 글리코겐이 소비됐을 가능성도 배제하지 못한다.

태수는 여전히 15위로 달리고 있으며, 앞선 선수가 한 명도 보이지 않는 것 때문에 맥이 빠졌다.

이러다가 점점 속도가 떨어져서 앞선 선수들을 추월하기는커녕 후미주자에게 오히려 추월을 당하는 게 아닐까 슬슬 그것마저 걱정이 되기 시작했다.

"후우욱… 헉헉… 후우욱… 헉헉……."

게다가 호흡이 많이 가빠졌으며 스트라이드마저 175cm로 그의 키보다 좁아졌다.

예전에는 스퍼트를 했을 때 210cm이고 평상시에는 190cm를 넘나들던 스트라이드가 175cm로 형편없이 좁아졌다는 것은 체력, 즉 체내에 글리코겐이 없다는 뜻이다. 그것밖에는 달리 생각나는 원인이 없다.

그렇다고 속도가 더 떨어지는 것을 이대로 두고 볼 수만은 없는 일이라서 그는 주법을 바꿨다.

스트라이드를 아예 170㎝로 대폭 줄이는 대신 피치수를 더욱 빠르게 해서 현재 속도를 유지하거나 조금 더 빨리 달리자는 것이다.

타타탁탁탁탁탁—

그러면서 분당 피치수를 세어보았다. 평소 그는 1분에 평균 190회의 피치수를 기록했었다.

그런데 186회가 나왔다. 스트라이드를 좁히고 피치수를 빠르게 하려는 주법인데 오히려 평소보다 피치수가 적게 나오는 바람에 실망감에 기운이 빠졌다.

스트라이드도 좁고 피치수도 적다면 결과는 속도가 느려진다는 것뿐이다.

"훅훅훅… 학학학… 훅훅훅… 학학학……."

게다가 호흡이 아까보다 더 가빠져서 깊은 호흡이 되지 않고 목구멍만 간질이는 짧은 호흡의 연속이다. 이래서는 체내에 필요한 산소를 제대로 공급하지 못하고 총체적 난국에 빠지고 말 것이다.

'이 정도인가……'

더구나 햄스트링이 뻐근해지는 것이 느껴졌다. 허리와 등이 아프기 시작하면 끝장이지만 아직까지는 괜찮다는 것이 그나마 다행이다.

하지만 언제 허리가 아프기 시작할지, 지금 당장 아파온다고 해도 전혀 이상할 일이 아니다. 그만큼 몸을 혹사시켰다.

그러다가 문득 그는 자신이 오르막을 달리고 있다는 사실을 뒤늦게 깨달았다.

이곳이 오르막이라는 사실을 확인하기 위해서 힐끗 뒤돌아보고 그는 두 가지 사실을 동시에 깨달았다. 자신이 오르고 있는 오르막이 꽤 길다는 것과 200m쯤 뒤에서 티모 브라하트가 따라오고 있다는 사실이다.

하와이의 지형은 매우 특이해서 도로가 평지인지 아니면 오르막, 내리막인지 제대로 잘 확인하지 않으면 모른다. 그 이유는 아마도 주변의 풍경이 변함없는 데다 직선도로가 끝없이 뻗어 있기 때문일 것이다.

오르막, 특히 긴 오르막에서는 상체를 약간 앞으로 숙이고 발뒤꿈치가 바닥에 닿지 않게 하며 양팔을 더욱 짧게 흔들어주는 주법으로 달려야 한다. 그런데 태수는 줄곧 평지에서의 주법으로 달렸기 때문에 햄스트링이 뻐근하고 호흡이 가빴던 것이다.

태수는 얼른 오르막주법으로 바꿨다. 지형을 모른 채 오르막을 달렸다는 것은 그의 정신이 그만큼 산만해졌다는 뜻이기도 하다.

주법을 바꾸니까 햄스트링의 뻐근함이 조금 완화됐다. 그리고 호흡은 조금씩 나아질 것이다.

200m 뒤에서 추격해 오고 있는 브라하트에 대해서는 신경 쓰지 않기로 했다.

마라톤에서 브라하트 정도에게 추월당한다면 마라톤을 접어야 한다고 호언장담했던 것이 조금 전이었는데, 그게 현실로 다가오고 있는데도 태수는 무심하려고 노력했다.

그는 다시 냉정하게 자신의 주법과 스트라이드, 피치수를 꼼꼼하게 체크해 보았다.

주법은 이상이 없는데 스트라이드가 167~8cm로 더 좁아졌으며 피치수도 180회로 조금 전보다 5~6회 떨어졌다.

그 이유는 체력이 하락된 것도 있겠지만 그냥 넋 놓고 달리다 보니까 그랬을 수도 있다.

목구멍이 자꾸 간질거렸다. 입안은 물론이고 목구멍 안까지 바싹 말라서 칼칼해졌다.

번쩍 물을 마셔야 한다는 생각이 들었다. 마지막으로 물을 마신 것이 언제였는지 기억도 나지 않는다. 어쩌면 지금의 이 현상은 수분 부족에서 오는 것인지도 모른다.

마침 코나 시내로 들어가기 전 도로 오른편에 보급소가 나타났기에 태수는 생수병과 음료병을 들고 앞으로 나서며 손을 뻗고 있는 진행요원에게 다가갔다.

탁—

그가 진행요원의 손에서 생수병과 음료병을 각각 하나씩 낚아챌 때 왼쪽으로 브라하트가 추월하고 있었다.

보급소 쪽에서 누가 태수에게 뭐라고 외치는 것 같았다.

"…무슨 일 있어……?"

마치 물속에서 물 밖의 소리를 듣는 것처럼 먹먹하게 들리는 거라서 태수는 전혀 신경 쓰지 않았다. 내 코가 석 자인데 주변의 일에 일일이 신경 쓸 정신이 없다.

나중에 알았지만 그 보급소에서 태수에게 물병과 음료병을 건네준 사람은 민영이었고, 그녀가 뭐라고 외쳤지만 태수가 쳐다보지도 않고 그냥 달려갔다는 것이다. 그 당시의 그는 그 정도로 정신이 없었다.

브라하트는 태수를 추월하여 50m쯤 앞서 달리고 있으며, 두 사람의 거리가 좁혀지지도 벌어지지도 않은 상태에서 코나 시내를 통과했다.

태수는 그렇게 몸과 정신이 붕 뜬 상태로 달렸다. 조금 전까지만 해도 자신의 주법이 좋지 않으니까 어떤 식으로 대처해야 한다는 등 여러 생각을 했었지만 지금은 아무 생각도 하지 않은 채 그저 달리고만 있을 뿐이다. 자신이 지금 왜 달리고 있는 것인지 목적의식마저도 없다.

"헉헉헉… 브라하트에게 추월당하다니……."

그러면서 아무 뜻 없이 중얼거렸다. 정말 무슨 생각을 하면서 그런 게 아니라 눈앞에서 브라하트가 달리고 있으니까 그 모습을 보면서 그냥 비 맞은 중이 염불하듯이 막연하게 중얼거렸을 뿐이다.

"……."

그런데 태수는 자기 목소리를 마치 남이 말하는 것처럼 듣고는 깜짝 놀랐다.

그러고는 곧 그 말이 자기가 한 말이라는 사실을 깨닫고 방금 전보다 더 놀랐다.

'브라하트에게 추월당하다니…….'

라는 말의 울림이 머릿속과 가슴에서 궁궁궁… 묵직한 소리를 내면서 진동을 일으켰다.

'제기랄…….'

태수는 비로소 자신이 '마의 벽'에 부닥쳤다는 사실을 깨닫고 오만상을 찌푸렸다.

한 시간 가까이 수영 3.8km를 하고 나서 180km 로드 바이크를 4시간 40여 분 동안 달린 이후에 마라톤을 달리고 있으니까 언제라도 마의 벽에 부닥친다고 해서 조금도 이상한 일이 아니다.

정확하게 어딘지는 알 수 없지만 아마도 태수는 6km 첫 번째 반환점을 돌고 나서 마의 벽에 빠진 것 같다.

지금이 15km 조금 못 미친 지점을 지나고 있으니까 첫 번째 반환점부터 무려 9㎞를 마의 벽 상황에서 달리고 있는 중이다.

마의 벽은 극복할 수 없다는 것이 주지의 사실이다. 다만 얼마나 현명하게 마의 벽에 대처하느냐가 중요하다.

그동안 마라톤에서 몇 번이나 태수의 발목을 잡았던 마의 벽이 지금 이 순간 그를 또다시 늪에 빠뜨리고 있다.

'속도를 재보자……'

태수는 멍한 정신 상태에서 지금의 난관을 하나씩 풀어나가려고 마음먹었다. 그러자면 지금 어느 정도의 속도로 달리고 있는지부터 알아야 한다.

탁탁탁탁탁탁―

정상 컨디션일 때는 100m만 달려 봐도 ㎞당 속도를 잴 수 있지만 지금은 1㎞를 다 달려야 계산이 나온다. 순응할 수밖에 어쩔 도리가 없다.

15㎞에서 16㎞까지 잰 바로는 현재 그의 속도가 ㎞당 4분 5초다.

6㎞ 첫 번째 반환점을 돌기 전까지만 해도 3분 40초였는데 어이없게도 25초나 느려졌다.

마의 벽이 달리 마의 벽이 아니다. 마라톤의 전설인 태수를 무참하게 짓밟아서 아예 바보로 만들어놓을 정도다.

전방의 브라하트를 보니 60m 정도의 거리다. 아까까지 줄곧 50m였는데 10m쯤 더 멀어졌다. 그렇다는 것은 브라하트의 속도 역시 4분 5초 남짓이라는 것이다.

'스트라이드는 도대체 얼마인 거야?'

태수는 달리면서 자신의 다리를 내려다보고는 어이가 없어서 하품이 나올 지경이다. 스트라이드가 160㎝ 정도밖에 되지 않는 것이다.

그것은 달리기 전에 아주 천천히 조깅을 하면서 몸을 풀 때보다 더 좁은 보폭이다.

다음에는 피치수를 재보니까 분당 180회다. 마의 벽 상황에서도 피치수는 그다지 많이 떨어지지 않았다. 원래 무의식 상황에서도 피치수는 큰 변화가 없는 법이다.

의식이 있는 상황에서 달리던 피치수가 무의식 상황에서도 이어지는 것이다. 그래서 무의식을 의식의 연장이라고 하는가 보다.

'스트라이드를 10㎝만 넓히자.'

무리해서 스트라이드를 20~30㎝ 넓히려다가는 죽도 밥도 안 된다.

지금 상황에서는 10㎝만 넓혀도 피치수가 180회니까 1분에 180m를 더 갈 수 있다.

일단 그 정도만 하면 1분 안에 브라하트를 잡을 수 있으니까 성공이다.

정상적인 컨디션일 때는 스트라이드 같은 건 마음먹은 대로 넓혔다 좁혔다 할 수 있지만 지금 같은 상황에서는 꽤 노력이 필요하다.

타타탁탁탁탁탁—

잠시 후에 태수는 속도가 ㎞당 3분 55초로 조금 상승했으며 브라하트의 왼쪽으로 느릿하게 추월을 했다.

브라하트가 태수를 쳐다보면서 오만상을 찡그렸다. 태수는 마주 쳐다보다가 브라하트 역시 마의 벽 상황일 것이라고 짐작했다.

어쩌면 트라이애슬론이라는 스포츠 자체가 초인적인 능력을 요구하기 때문에 수영과 로드 바이크를 거치면 어느 누구라도 마의 벽에 빠질 수밖에 없는 것 같다.

아니, 어떤 선수들은 이미 로드 바이크에서 마의 벽에 부닥쳤을 수도 있다.

그러니까 지금 마라톤을 달리고 있는 선수 거의 대부분이 마의 벽 상황이라고 봐도 틀리지 않을 것이다.

도로 오른쪽 18㎞ 팻말을 발견하고 태수가 시계를 보니까 1시간 10분 22초다.

㎞당 평균속도 3분 53초로 뛰었다. 이런 속도로 피니시에 골인한다면 2시간 44분대다. 키엔레, 아니 선두를 잡으려면 최

소한 2시간 31분이어야 하는데 44분이면 10위권에도 들지 못할 것이다.

"헉헉헉헉… 훅훅훅……"

태수는 갑자기 자신의 거친 숨소리를 듣게 되었다. 숨소리가 너무 거칠어서 마치 다른 선수가 옆에 바싹 따라붙어서 내는 숨소리처럼 들렸다.

마라톤에서 호흡이 얼마나 중요한데 스트라이드와 피치수에는 신경을 쓰면서 호흡이 극도로 가빠진 것은 이제야 알아차렸다.

"후-우-우-우… 하아아아… 후-우-우-우……"

그는 음파호흡부터 시작했다. 마라톤 초보처럼 아예 처음부터 새로 시작하는 것이다.

몸속 구석구석에 가득 차 있는 찌꺼기를 긴 날숨으로 깡그리 토해내면서 긴 들숨으로 신선한 산소를 허파가 터지도록 들이마셨다.

그는 서둘지 않고 천천히, 그리고 차근차근 음파호흡으로 호흡을 가다듬은 다음에 이번에는 티루네시의 4박자 복식호흡으로 전환했다.

"후-우-후-우… 하아하아……"

몸속의 찌꺼기를 토해내고 신선한 산소를 공급해서인지 정신이 조금 맑아지고 몸이 가벼워지는 것 같았다.

그는 뒤돌아보고 브라하트가 300m 뒤에 처져 있는 것을 확인한 후에 자신의 속도를 재보았다.

㎞당 3분 48초. 조금 빨라지긴 했지만 여전히 그런 속도로는 어림도 없다.

최소한 3분 20초는 돼야지만 6㎞부터 15㎞까지 어영부영 달리면서 까먹은 시간을 벌충할 수 있다.

'스트라이드는 나중에 하고 이번에는 피치다.'

무리하게 욕심 부리지 않고 피치수를 180회에서 185회로 5회만 늘려보기로 마음먹었다.

마의 벽에 부닥친 상황에서는 시간이 지날수록 점점 더 몸 상태가 엉망이 되는 것이 정상이다.

그런데 태수는 마의 벽 상황에서 오히려 속도를 조금씩 더 높이려 노력하고 있기 때문에 마의 벽을 역행(逆行)하고 있는 것이다.

'183… 아직 모자라다. 조금만 더 하자.'

타타탁탁탁탁—

그러나 아무리 애를 써도 피치수가 183에서 요지부동 꼼짝도 하지 않았다.

그래서 이번에는 피치수에 신경을 쓰지 않은 상태에서 1분 동안의 횟수를 세어봤더니 여전히 183회다.

피치수라는 것은 일단 일정한 횟수에 올려놓기만 하면 웬만한 일이 벌어지기 전에는 떨어지지 않는 묘한 메커니즘을 지니고 있다.

그래서 태수가 스트라이드보다 먼저 피치수를 높이려고 전력을 기울이고 있는 것이다.

그런데 아무리 애써도 피치수가 높아지지 않으니까 이번에는 단순하게 '팔치기'로 도전했다.

즉, 다리가 마음대로 움직여지지 않으니까 양팔을 빨리 움직여서 다리를 조종하려는 것이다.

팔이 움직이면 다리는 자연적으로 따라간다. 그러니까 양팔을 최대한 빨리 움직일 수 있다면 두 다리도 최대한 빨리 움직여질 것이다.

예전에 태수가 첫 하프마라톤에 출전했을 때 경기 도중에 태수가 애를 먹고 있는데 우연히 그 광경을 본 큰형님 조영기가 가르쳐 준 방법이 팔치기였다.

물론 빠른 팔치기는 빠른 달리기를 이끌어내긴 하지만 체간 달리기, 즉 아스팔트를 딛는 발에 체중이 실리지 않은 상태에서 두 다리만 총총거리면서 나가는 식이라서 제대로 된 달리기라고 할 수가 없다.

그렇지만 태수는 궁색한 나머지 일단 그렇게라도 피치수를 높인 다음에 체간 달리기를 하자고 생각했다.

어쨌든 태수의 속도가 다른 선수들에 비해서 조금이라도 빠른 것만은 사실이라서 다시 한 명을 추월하여 이윽고 14위가 되었다.

코나공항으로 뻗어 있는 퀸카아후마누 하이웨이의 오른편에는 마라톤 주자들이 달리고 있으며, 왼편에는 로드 바이크 반환점인 하위에서 돌아오는 선수들이 꼬리에 꼬리를 물고 길게 이어져 있다.

태수 뒤에는 아무도 따라오지 않는다. 아까까지만 해도 브라하트가 까마득하게 보였지만 이제는 시야에서 완전히 사라져 버렸다.

대신 전방의 끝이 보이지 않을 정도로 곧게 뻗은 직선도로 내리막길에는 띄엄띄엄 선수가 달리고 있다.

태수의 시야에 들어오는 선수만 3명이다. 가장 가까운 선수가 600m쯤이고, 나머지 2명은 훨씬 더 멀리에서 달리는 중인데 누군지 알아볼 수는 없다.

현재 태수의 속도는 km당 3분 35초다. 그렇지만 아까 까먹은 시간을 벌충하려면 지금보다 km당 10초는 더 빨라져야만 할 것이다.

전방 오른쪽에 보급소가 나타났다. 주최 측에서 마련한 일반 보급소인데 첫 번째 테이블 앞에 서 있는 민영과 심윤복 감독의 모습이 보였다.

아까 첫 번째 보급소에서는 보이지 않았던 민영이 두 번째 보급소에 나타나 태수를 발견하고는 두 손을 흔들면서 기뻐하고 있다.

"오빠! 선두 알렉산더야! 오빠하고 16분 차이야!"

"태수야! 내리막 질주 잊었느냐?"

민영은 양손에 쥐고 있던 생수병과 음료병을 태수에게 건네주면서, 그녀 옆에 있는 심윤복 감독은 잡아먹을 것처럼 태수를 노려보며 악다구니를 질렀다.

'내리막 질주……'

심윤복 감독의 외침을 듣고 태수는 뒤통수를 한 대 호되게 얻어맞은 듯한 충격을 받았다.

자신이 가장 자신 있다고 여기는 것이 내리막 질주인데 어찌 된 일인지 이번 마라톤에서는 그걸 까맣게 잊어버리고 있었던 것이다.

심하게 말한다면 전쟁터에 나와서 총을 사용하지 않는 것이나 다를 바가 없다.

그런데 때마침 내리막 구간이다. 조금 전까지의 오르막이 매우 길었던 만큼 내리막도 엄청 길다. 짧게 잡아도 1.5㎞는 될 듯하다.

내리막 질주를 제대로 잘하면 스피드가 붙어서 이후 평지나 오르막에서도 속도가 빨라질 것이다.

일단 빠른 속도로 달리기 시작하면 그걸 몸이 기억할 수 있도록 하기 위해서 될 수 있는 한 오랫동안 그 속도를 유지해야 한다.

태수는 한 번 크게 심호흡을 하고는 상체를 앞으로 숙인 자세로 내리막길 아래를 향해 내리꽂혔다.

타타타타타타타탁탁—

속도가 점점 빨라지더니 잠시 후에는 km당 2분 50초까지 솟구쳤다.

트라이애슬론에서는 도저히 나올 수 없는 스피드가 태수에게서 펼쳐지고 있다.

원래 내리막 질주 때는 스트라이드를 최대한 넓게 벌려야 하는데 현재 태수의 스트라이드는 198cm로 전성기 때 210cm 에는 못 미치지만 현재로선 준수한 편이다.

내리막길은 마라토너에겐 은총 같은 것이다. 내리막길의 특성을 완벽하게 활용한다면 힘을 60%만 들이고도 원하는 최고 속도를 얻어낼 수가 있다. 물론 나머지 40%는 내리막길이 마라토너에게 베푸는 은총이다.

"후우우… 하아아… 후우우… 하아아……."

태수의 피치수가 190회를 찍었다. 아까는 그렇게 애를 썼어도 185회를 이루지 못했는데 지금은 내리막길의 특성을 잘 이용하여 고꾸라질 듯이 달리면서 어렵지 않게 190회에 도달했다.

조금 전에 600m 전방에서 달리고 있던 선수가 마치 빠르게 뒷걸음질 치면서 태수에게 달려오는 것 같더니 쏜살같이 뒤로 스쳐 지나갔다.

이제 13위가 됐다. 두 번째 선수는 400m 전방이다. 현재 태수의 속도는 조금 전보다 빨라져서 km당 2분 45초다. 그러면서도 점점 더 빨라지고 있다.

제63장
아이언맨

태수는 하프를 지나면서 허리와 등이 욱신거리기 시작했다.

다리가 아픈 것은 훈련 부족이지만 허리와 등이 아픈 것은 글리코겐이 고갈되었다는 신호다.

쉽게 말해서 글리코겐은 자동차로 치면 기름이다. 기름이 떨어지면 자동차는 더 이상 굴러가지 않고 멈춘다. 그러므로 글리코겐이 고갈되면 사람은 심각한 타격을 받아서 속도가 떨어지고 걷게 되거나 주저앉는다.

그리고 거기서부터 극한 싸움, 아니, 투쟁이 시작된다. 포기 하느냐 달리느냐 둘 중 하나를 놓고 자신과의 격렬한 한판 투쟁을 벌인다.

여기서 중요한 사실은, 사람은 자동차가 아니라는 것이다. 그렇기 때문에 기름이나 다름이 없는 글리코겐이 고갈되었다고 해도 아예 멈추지는 않는다.

보통 평범한 사람이 마라톤 풀코스를 완주하고 나면 체내의 글리코겐이 완전히 고갈된다.

그렇지만 골인하고 나서도 비록 어기적거리는 걸음이지만 걷는 것은 물론이고 일상생활을 하는 데 별다른 지장을 받지 않는다.

그 이유는 사람에겐 아직 몸을 움직이게 할 만한 에너지원인 단백질과 지방(脂肪)이 체내에 남아 있기 때문이다.

탄수화물과 글리코겐이 고갈되면 그때부터는 단백질과 지방을 에너지로 사용하게 되는 것이다.

그렇지만 그 과정이 결코 쉽지 않아서 극한의 고통을 이겨내야지만 그때부터 뛰는 것이 가능해진다.

또한 단백질과 지방을 에너지로 사용하는 훈련을 자주 했던 습관을 갖고 있는 사람일수록 고통이 적으며 단백질과 지방을 에너지화시키는 데 성공할 확률이 높다.

하지만 탄수화물과 글리코겐이 고갈됨으로써 찾아오는 육체의 고통을 떨쳐 버릴 수는 없다.

그것은 대체 에너지를 사용하려는 과정에 반드시 치러야

하는 희생이고 난코스다.

태수는 1.5㎞ 길이의 내리막에서 질주하여 3명을 모두 추월할 수 있을 것이라고 생각했는데 하프를 지나서야 겨우 그들을 추월하여 11위가 되었다.

태수는 내리막 질주로 최고 속도가 ㎞당 2분 35초까지 상승했었고, 그를 촬영하는 모터바이크의 촬영팀들이 비명을 지르면서 환호했었다.

그러나 내리막 이후에 나타난 평지에서 속도가 뚝뚝 떨어지기 시작하더니 스트라이드가 180㎝, 피치수가 188회, ㎞당 3분 10초가 됐었다.

그 속도로만 계속 달려도 피니시라인을 2시간 30분 안에 통과할 수 있을 것이다.

그런데 하프를 지나면서 글리코겐이 완전히 고갈되면서 허리와 등의 통증이 시작되고, 또 1.8㎞ 길이의 긴 오르막을 오르는 바람에 기껏 굳혀놓았던 속도가 조금씩 느려지기 시작했다. 바로 그 시점에서 나머지 2명을 추월하여 11위가 된 것이다.

태수는 자신의 글리코겐이 완전히 고갈됐다는 사실을 깨달았을 때 속도가 ㎞당 3분 32초로 떨어졌으며, 허리와 등의 통증, 무력감, 오르막이 주는 느린 속도의 답답함이라는 삼중고에 허덕이게 되었다.

코나공항의 두 번째 반환점을 2㎞ 남겨둔 22㎞ 지점이 긴 오르막의 꼭대기였다.

그곳에 올라섰을 때 태수는 도로 맞은편 오르막을 달려 올라오고 있는 선두를 발견했다.

도로 왼쪽 가장자리는 로드 바이크들이 끝없이 길게 줄지어서 달려오고 있으며, 마라톤 선두는 도로 안쪽에서 힘겹게 오르막을 달려 올라오고 있었다.

선두는 키엔레에서 크랙 알렉산더로 바뀌어 있었으며, 150m 뒤에서 프레데릭 리에르데가 2위로, 그리고 그 뒤 200m에서 얀 프로데노가 3위로 달려오고 있었다.

그뿐만이 아니다. 3위 프로데노 뒤 50m쯤에는 세바스티안 키엔레와 피트 제이콥스, 헨리 슈맨 3명이 불과 10~20m라는 짧은 거리를 두고 치열한 각축을 벌이고 있었다.

선두 알렉산더에서 6위 헨리 슈맨까지의 400m 이내에 무려 6명이 속해서 순위 다툼을 벌이고 있는 진풍경이 벌어지고 있는 것이다.

태수가 예리하게 분석해 봤을 때 알렉산더의 현재 속도는 ㎞당 4분 5초 정도다. 그리고 뒤따르는 리에르데와 프로데노를 비롯한 5명도 거의 비슷한 속도로 추격하고 있어서 당분간은 순위 변동이 없을 것 같았다.

선두에서 6위까지 6명이 고만고만한 속도로 각축을 벌이는 상황이다.

그렇기 때문에 선두 알렉산더가 앞으로 남은 16㎞ 동안 끝까지 선두를 지킬 수 있을 것이라고 보기는 어렵다.

선두 알렉산더는 어떻게 해서든지 추격하는 선수들을 떼어놓으려고 발버둥 칠 것이고, 뒤따르는 선수들은 피니시를 1~2㎞ 남겨두고 최후의 스퍼트를 해서 승부수를 던질 것이 분명하다.

아마도 저 싸움에서는 정신력과 투지가 조금이라도 강한 사람이 최후의 승자가 될 것이다.

그러나 저들 6명이야 어찌 되든 말든 태수로서는 무조건 저들 모두를 잡아야만 한다.

저들에게 남은 거리는 16㎞지만 태수는 20㎞ 저들보다 4㎞를 더 가야 한다.

일반적인 마라톤 상식으로는 하프가 지난 시점에서 무려 4㎞를 추월하는 것은 불가능한 일이다.

그렇지만 추월하려는 사람이 마라톤의 전설 윈드 마스터일 때는 얘기가 달라질 수도 있다.

저들의 평균속도가 ㎞당 4분 5초이니까 남은 16㎞를 1시간 5분 30초쯤에 주파한다는 계산이 나온다.

저들이 마지막 1~2㎞를 남겨두고 스퍼트를 한다고 해도 녹초가 된 몸 상태로 1~2㎞에서 30초를 줄여서 1시간 4분대에 진입하지는 못할 것이다.

그러니까 태수가 저들을 이기려면 지금부터 남은 20㎞를 ㎞당 3분 15초에 달려야만 할 것이다. 그러면 피니시에 1시간 5분대에 골인하게 되는데, 피니시 1㎞ 전에 스퍼트를 하여 치고 나가야 한다.

그런데 지금 태수는 ㎞당 3분 32초로 달리고 있다. 3분 15초로 달려야 하는데 그보다 ㎞당 17초나 늦다.

마침 또다시 내리막이다. 이번에는 아까처럼 무작정 내리막 질주를 하면 안 된다.

아까 전력으로 첫 번째 내리막 질주를 하는 바람에 완전히 에너지가 바닥을 드러내고 말았다.

지금은 바닥을 드러낼 글리코겐도 없지만 단백질과 지방을 연소시켜야 하는 상황이니까 내리막 질주라고 해도 좀 더 침착해야만 한다.

타타탁탁탁탁탁탁—

태수는 아까보다 스트라이드는 짧게, 피치수는 더 높여서 내리막을 달려 내려갔다.

조금 전까지만 해도 ㎞당 3분 32초였는데 잠깐 사이에 2분 50초까지 빨라졌다. 그렇지만 그것은 순전히 내리막이라는 지형적인 조건 덕분이다.

'더 빨라지면 안 된다.'

태수는 더 빨라지지 않도록 극도로 경계하면서 달렸다. 내리막 질주라고 해서 지나치게 빨리 달리다가 내리막이 끝나고 평지나 오르막이 닥치게 되면 상대적으로 속도가 뚝 떨어질 수도 있다.

그걸 경계하는 것이다. 그렇게 속도가 들쭉날쭉 고저가 심해서는 안 된다.

지금부터는 이븐페이스로 가야 한다. 최소한 ㎞당 3분 10초에 맞춰야 한다.

내리막 질주를 하고 있는 도로 건너편에 헨리가 달려오고 있지만 두 사람은 서로를 쳐다보지 않고 달리는 일에만 열중하고 있다.

내리막 끝에는 다시 완만하고 긴 오르막이 시작되고 있다. 평지라면 내리막 질주를 이븐페이스로 전환하는 데 도움이 될 테지만 하필 오르막이다.

그나마 한 가지 다행스런 것은 오르막이라고 해도 평지와 다름이 없는 아주 완만한 오르막이라는 사실이다.

태수는 24㎞에서 두 번째이자 마지막 반환점을 돌 때까지 앞서 달리는 선수를 한 명도 만나지 못했다.

현재 그의 속도는 ㎞당 3분 22초. 아까 내리막 질주에서의 빠른 속도를 잘 유지하려고 애썼지만 아직도 목표로 하고 있는 3분 10초에는 12초나 부족한 상황이다.

스트라이드를 넓히려고 하면 피치수가 줄어들고, 반대로 피치수를 높이려 들면 스트라이드가 좁아지고 있으니 이러지도 저러지도 못하고 있다.

아까 22㎞에서 선두 알렉산더를 보았을 때 선두와 태수와의 거리는 4㎞였다.

태수의 계산으로는 그때부터 2㎞를 더 온 상황에서 선두하고 약 350m 정도를 좁혔을 것 같다.

그렇다면 현재 선두는 27.6~7㎞ 지점을 달리고 있다는 얘긴데 이런 식으로 달리면 절대로 그들을 잡지 못한다.

어차피 시작된 게임이라면 어떻게 해서든 반드시 우승을 하고 싶은 게 솔직한 심정이다.

태수는 우승에 익숙해져 있으며 들러리를 서는 일은 트라이애슬론에 와서야 해봤을 정도로 생소한 일이다.

돈은 똥이다.

그런데 갑자기 그 말이 불쑥 떠올랐다. 강원도 정선의 어떤 할머니께서 하신 말씀 아니, 명언이다.

그래, 돈이란 쌓이면 악취를 풍기고 뿌리면 거름이 된다는 건 알고 있다. 그게 뭐 어쨌다는 건가? 왜 갑자기 지금 불쑥 그 말이 떠오르느냐는 말이다.

"오빠, 이제 전화하지 마……."

그러더니 이번에는 혜원의 이별 통보가 뒷골을 때렸다.

'우라질! 이거 뭐야?'

잡생각이다. 달리는 중에 잡생각이 머릿속을 가득 채우게 되면 경기 망치는 거다.

그건 러너들에게는 상식으로 통한다. 잡생각은 경기 집중을 방해하기 때문이다.

그러더니 이제는 평소에 한 번도 생각해 본 적 없었던 오만 잡생각이 파도처럼 와르르 쏟아지며 머릿속을 가득 채워 버렸다.

그런 오만 잡생각에 시달리면서 태수의 속도는 조금씩 느려지고 있었다.

경기에 집중해서 예리한 계산과 예상을 해야 할 머리가 잡생각으로 가득 차 있으니 당연한 일이다.

어떻게 갑자기 그렇게 많은 생각과 영상들이 한꺼번에, 그것도 일사불란하게 머릿속에서 명멸하는 것인지 신기하기 짝이 없는 일이다.

만약 이런 상황의 머릿속을 스캔할 수 있는 기계를 발명한다면 전대미문의 대발명이 될 것이다.

"정말 고마워요, 윈드 마스터 선생님."

그런데 갑자기 머릿속을 울리는 말이 있다. 그리고 그와 동시에 한 여자, 아니, 소녀의 상큼한 얼굴이 오롯이 떠오르며 미소를 지어 보였다. 슬프면서도 수줍은 묘한 미소를 짓고 있는 소녀다.

'박연화.'

런던에서 만나 태수가 도움을 주었던 탈북녀 박연화의 해사한 얼굴이 떠오르는 순간 머릿속을 가득 채웠던 잡생각들이 씻어낸 것처럼 갑자기 사라져 버렸다.

"오빠라고 불러."

"네, 오빠 동지."

"그냥 오빠라니까?"

"네, 태수 오빠. 동지."

"나 참······."

태수는 환한 미소를 지었다. 그는 지금껏 경기에서는 한 번도 잡생각 때문에 고생했던 적이 없었는데 왜 하필 지금처럼 중요한 순간에 오만 잡생각이 떠올라서 자신을 괴롭힌 것인지 원인을 깨닫게 되었다.

'연화야. 지금은 네가 날 좀 도와줘야겠다.'

타타타탁탁탁탁—

"후우욱… 하아아… 후우욱… 하아앗……."

지금 속도가 어떻든지 간에 태수는 아주 편안하게 달리고
있다. 이른바 펀런(Funrun)이다.

아까 박연화가 불쑥 떠오르고 상상 속의 그녀와 모종의 거
래를 한 이후부터는 대체적으로 몸도 마음도 편하게 달리고
있는 중이다.

두 번째 반환점인 코나공항을 돌아서 코나 시내로 향하고
있으며 방금 오른쪽에 31㎞ 팻말을 보았다.

여기까지 1시간 55분 17초가 걸렸다. 평균속도 ㎞당 3분
35초. 컨디션 난조 때문에 속도가 들쭉날쭉했던 탓이다.

앞으로 남은 거리는 11㎞. 목표로 잡은 2시간 31분에 골인
하려면 36분밖에 남지 않았다.

그러려면 이제부터 ㎞당 3분 16초, 아니, 우승을 하려면 2시
간 30분에 골인해야 되니까 3분 10~12초 이븐페이스로 달려
야만 한다.

태수는 현재 속도를 재보기로 했다.

"태수!"

"허니!"

그런데 그때 전방에서 반가운 외침이 들렸다. 목소리만 들

어도 티루네시와 그웬이라는 걸 알 수 있다.

티루네시와 그웬의 목소리는 들렸는데 그녀들의 모습은 극성스럽게 촬영하고 있는 모터바이크들에 가려서 보이지 않았다.

아까 그녀들이 로드 바이크를 타고 지나갈 때도 모터바이크 때문에 보이지 않았었는데 지금도 그런 상황이다.

태수가 방향을 약간 틀어서 도로 중앙으로 비스듬히 달려나가면서 전방과 측면의 모터바이크 사이를 지나갔다.

그제야 그는 맞은편에서 달려오는 티루네시와 그웬을 발견하고 갑자기 반가운 마음이 솟구쳤다. 그것은 마치 집 나가서 개고생을 하다가 자기를 찾으러 나온 가족을 만났을 때의 그런 기분이다.

그런데 태수는 사이좋게 나란히 달려오고 있는 티루네시와 그웬의 앞 15m쯤에서 엠마가 달리고 있는 모습을 발견하고 깜짝 놀랐다.

태수는 반사적으로 급히 엠마의 앞쪽을 쳐다봤지만 남자 선수 몇 명이 달리고 있을 뿐 여자 선수는 보이지 않았다.

그렇다면 엠마가 여자 선두일지도 모른다. 아니, 엠마 정도의 실력이라면 충분히 가능한 일이다.

그리고 티루네시와 그웬이 15m 뒤에서 나란히 달리면서 선두 추월을 노리고 있는 상황일 수도 있다.

"헤이! 베이비!"

태수 자신에겐 애인이 있다고 그렇게 알아듣도록 설명했건만 엠마는 태수를 보자마자 베이비 타령이다. 하여튼 잘생긴 것도 죄라면 죄다.

태수는 한 번 도로 왼쪽을 본 이후 줄곧 왼쪽만 보면서 달리며 엠마와 티루네시, 그웬의 주법을 재빨리 살폈다.

엠마는 165㎝ 정도의 키면서도 하체가 긴 서구인답게 넓은 스트라이드주법으로 성큼성큼 달리고 있다.

반면에 같은 서구인이며 키가 엠마보다 13㎝나 더 큰 그웬은 엠마 정도의 스트라이드로 윈마주법을 구사하고 있다. 물론 티루네시도 능숙한 윈마주법이다.

티루네시와 그웬의 윈마주법은 나무랄 데가 없다. 하지만 그것은 마라톤 때의 상황이고 지금은 그녀들도 마의 벽에 부닥쳐 있을 테니까 완벽한 윈마주법으로는 100%의 성과를 거두지 못하는 상황이다.

태수는 자신이 몇 차례의 우여곡절 끝에 터득한 트라이애슬론 마라톤 주법을 그녀들에게 알려줘야겠다고 생각했다.

태수 옆을 스쳐 지나게 된 티루네시와 그웬은 몹시 지쳤음에도 반가운 표정을 지으며 뭐라고 외치려는데 태수가 먼저 소리쳤다.

"티루! 내리막 질주 이후에 이븐페이스 해!"

스쳐 지나는 짧은 순간에 긴 말을 해줄 수는 없기에 단지 그렇게만, 그것도 한국어로 일러주었다. 엠마가 듣고 배울지도 모르기 때문이다. 대한민국 정부에서 주관하는 한국어시험에 당당히 합격을 한 티루네시니까 태수의 말을 당연히 알아들었을 것이다.

그래도 미심쩍어서 태수는 스쳐 지나간 그녀들을 뒤돌아보았다. 티루네시가 그웬에게 뭐라고 말하는 모습이 보였다. 아마도 태수가 한 말을 영어로 설명하는 것이리라.

오르막을 올라서 정점에 도달하자 드디어 꼬랑지가 보였다.

누군지는 모르고 알 필요도 없지만 태수보다 앞선 선두주자들의 꼬랑지, 즉 10위다.

거리 270m 속도는 대략 km당 4분 10초 이하.

태수는 마치 적 사냥에 나선 스나이퍼처럼 앞선 선수의 달리는 모습을 보면서 그렇게 짐작하며 가상의 실탄을 한 발 장전했다.

34km에 와서야 10위 뒷모습을 보게 되다니 늦어도 지나치게 늦은 감이 있다.

그런데도 10위 너머에 9위의 모습은 여전히 보이지 않았다. 앞으로 8km밖에 남지 않았는데 이런 식이라면 피니시 직전까지 가서야 6~7위를 추월할 수 있을 거라는 계산이 나온다.

어쩌면 10위 너머는 도로가 구불구불하기 때문에 앞선 선수들이 보이지 않는 것인지도 모른다.

어쨌든 시야에 타깃이 들어오면 일단 저격하는 것이 스나이퍼의 임무다.

현재 태수의 속도는 ㎞당 3분 19초다. 목표로 하는 3분 10초는 제아무리 발버둥을 쳐도 도달할 수가 없다. 이대로 가면 절대로 입상권에 들지 못한다.

이것이 네 번째인지 다섯 번째인지 모르지만 하여튼 아까 보급소에서 심윤복 감독이 '내리막 질주'라고 소리친 이후부터 태수는 내리막이 나타날 때마다 질주를 하면서 내리막 장점을 최대한 활용했었다.

'잠깐.'

태수는 내리막을 달려 내려가면서 속도를 점점 높이다가 어떤 생각이 번쩍 머리를 스쳤다.

그는 내리막 질주를 두 다리에게 맡기고 머릿속으로는 이곳 코스의 지형을 떠올려서 세밀하게 훑었다.

'내리막이다!'

이곳 킬레이크해 파크웨이 사거리에서부터 코나 시내 진입로인 마칼라대로까지 4㎞는 왼쪽으로 완만하게 굽은 내리막 도로다.

다시 말해서 태수는 지금부터 4㎞, 전체 거리 38㎞까지는 계속 내리막 질주를 할 수 있다는 얘기다.

'찬스다.'

태수에겐 이것이 절호의 찬스인 동시에 마지막 찬스이기도 하다. 만에 하나 이 찬스를 살리지 못하면 우승은 물 건너가는 것이다.

이 4㎞에서 2분 30초~3분만 시간을 줄일 수 있다면 우승도 남의 얘기가 아니다.

다다다다타타탁탁—

"후후훅… 하하핫! 후후훅… 하하핫!"

빠른 팔치기고 체간 달리기고 없다. 그저 빨리 달릴 수 있는 모든 방법을 총동원하여 전력으로 내리꽂혔다.

와아아아아—

짝짝짝짝짝—

"윈드 마스터! 윈드 마스터!"

그야말로 난리가 벌어졌다. 코나 시내로 진입하는 퀸카아후마누 하이웨이 양쪽에는 수많은 시민과 관광객, 진행요원들이 겹겹이 늘어서서 오직 한 사람 윈드 마스터 태수를 목이 터져라 연호하며 응원을 하고 있다.

아직도 내리막은 이어지고 있으며 이제 500m쯤 남았다. 그리고 태수는 무려 7위로 우뚝 올라섰다.

태수가 달리고 있는 전방 맞은편에서 로드 바이크를 끝낸 아마추어 선수들이 꼬리를 물고 꾸역꾸역 달려오고 있기 때문에 6위로 달리고 있는 선수가 누군지 보이지 않는다.

아마추어 선수들 절반 이상이 걷는지 달리는지 모를 속도로 꾸물거리면서 도로 왼쪽 절반을 거의 차지했고 이따금 오른쪽으로 넘어오는 선수도 있어서 진행요원들이 그들을 제지하느라 진땀을 빼고 있다.

타타탁탁탁탁탁―

"훅훅… 핫핫… 훅훅… 핫핫……."

내리막 마지막 구간에서의 속도는 ㎞당 2분 45초. 3.5㎞ 이상을 2분 30초의 무지막지한 속도로 달리다 보니까 내리막 끝에서는 몹시 지쳐서 속도가 떨어졌다.

시계를 보니까 거리 표시가 38㎞로 나타났다. 여기까지 소요된 시간은 2시간 14분 15초. 빠르게 계산을 해보니까 ㎞당 3분 32초다.

조금 전 내리막 질주를 하기 전에는 ㎞당 3분 35초였는데 4㎞ 내리막 질주가 전체 평균속도를 2초 낮추었다.

앞으로 남은 거리 4㎞를 이 속도로 달리면 14분대다. 그럼 2시간 28~29분대에 골인하게 된다.

그 정도 기록이면 우승을 하기에 충분하다. 그렇지만 문제는 기록이 아니라 순위다.

태수가 제아무리 2시간 28분에 골인을 하더라도 순위가 7위라면 아무 소용이 없다. 기록이 나쁘더라도 순위에서 1~3위 안에 들어야만 한다.

태수는 정보가 필요했다. 도대체 선두는 어디쯤 달리고 있는 것인지, 바로 앞 순위인 6위하고 태수하고의 거리가 얼마나 되는지 궁금하기 짝이 없다.

이제부터는 코나 시내 외곽을 오른쪽으로 한 바퀴 크게 돌고 주택가들이 모여 있는 홀루아로아에서 우회전, 쿠아키니 하이웨이를 달려서 시내로 들어가면 피니시다.

태수가 지금 달리고 있는 퀸카아후마누 하이웨이는 오른쪽으로 완만하게 구부러져 있어서 300m 정도 전방은 보이지 않았다. 더구나 이곳은 시내라서 집이 많아 시야를 많이 가리고 있다.

진행요원들이 도로 복판에 서서 오른쪽을 가리킨다. 보급소가 있다는 뜻이다.

아마도 마지막 보급소인 듯한데 그곳에 민영이나 심윤복 감독이 있기를 기도했다.

태수의 기도는 즉각 보답을 해주었다. 민영은 마치 자기가 진행요원이라도 된 것처럼 도로 한가운데까지 나와서 태수를 보며 두 팔을 번쩍 치켜들고 만세를 부르듯이 경중경중 뛰면서 연신 '오빠! 오빠! 여기야!'를 외치며 난리를 피웠다.

아름다운 데다 재치 있고 총명하기까지 한 민영은 태수가 무엇을 궁금하게 여길지 이미 알고 그가 보급소에 도착하기도 전에 큰 소리로 떠들었다.

"오빠! 선두 900m 앞이야!"

앞으로 남은 거리 3.5㎞에 선두하고의 거리가 900m라면 녹록한 것이 아니다. 그렇지만 체념할 일도 아니다.

태수는 방방 뛰면서 소리치고 있는 민영을 보면서 문득 아주 오래된 옛날에 있었던 것 같은 아주 작은 약속 하나가 떠올랐다.

"이번에 하프마라톤 우승하면 누나가 찌찌 줄게. 아하하하하!"

태수를 발굴하고 오늘날의 윈드 마스터로 이끌어준 그 누나가 지금 저기에서 예나 다름없이 펄쩍펄쩍 뛰고 있다.

"6위 380m야! 선두부터 6위까지 한데 다 몰려 있어! 오빠 추월하는 거 귀찮을까 봐 다 모여 있는 거야! 아하하하!"

목젖이 다 보이도록 입을 벌리고 웃는 민영이다.

민영이 생수병 하나와 얇은 천으로 만든 봉지에 싼 얼음주머니를 재빨리 건네주었고, 심윤복 감독은 커다란 바가지로 얼음물을 끼얹어주었다.

촤아아!

얼음물을 뒤집어쓴 태수는 정신이 번쩍 들면서 순식간에 더위가 사라지는 것 같았다.

달려가는 태수 등 뒤에서 민영이 바락바락 악을 썼다.

"오빠! 상체 숙여! 지금보다 10초 빨리 뛰면 우승이야!"

'10초…….'

민영과 심윤복 감독은 이미 태수에 대해서 다 파악하고 있었다는 얘기다.

"멋있다! 한태수! 우윳빛깔 한태수! 저 근육 봐라! 죽인다! 악악악!"

민영이 고래고래 소리 지르는 게 응원인지 절규인지 모르지만 어쨌든 태수에겐 큰 힘이 돼주었다.

태수는 생수병을 열고 달리면서 벌컥벌컥 마셨다. 마라톤이든 트라이애슬론이든 항상 갈증에 허덕인다.

물을 충분히 마시고 돌아서서 100m만 가면 또 목구멍에서 불이 난다. 몸 전체의 수분이 고갈됐기 때문이다.

생수병을 버리고 다음에는 얇은 천으로 만든 작은 얼음주머니를 목 뒤에 대고 체온을 식혔다.

차디찬 냉기가 척추를 타고 온몸으로 퍼지면서 기분이 아주 상쾌해졌다.

지금 같은 상황에 이르면 온몸의 모든 기능이 최저로 떨어지는데, 그중에서도 특히 체온이 급상승하여 사람을 형편없이 무기력하게 만든다.

그럴 때는 체온을 떨어뜨리는 얼음 냉찜질이 최고다. 민영은 마라톤을 했었기 때문에 그걸 잘 알고 있어서 얼음주머니를 만들어 태수에게 건네준 것이다.

"오빠! 상체 숙여! 지금보다 10초 빨리 뛰면 우승이야!"

이번에는 얼음주머니를 심장 부위에 대고 문지르면서 뛰는데 방금 민영이 외쳤던 말이 떠올랐다.

상체를 숙여라. 미친 듯이 달리는 데만 열중하다 보니까 기본 중에 기본인 상체를 숙이는 것도 잊고 있었다. 그리고 지금보다 10초 빠르게 뛰면 km당 3분 20초 언저리니까 선두를 잡을 수 있다는 거다.

'알았다, 민영아.'

체온을 충분히 낮추었다고 판단한 태수는 상체를 많이 숙이고 앞으로 고꾸라질 것처럼 튀어 나갔다.

타타타타탁탁탁탁—

홀루아루아에서 급격히 구부러진 우회전을 하면서 태수는 한 명을 잡고 6위로 올라섰다.

"헉헉헉헉헉……."

태수는 자기가 방금 추월한 선수가 누군지 확인하지도 않았고 그럴 겨를도 없다.

6위를 추월하고 나니까 전방에 선수들이 일렬로 길게 늘어서서 달리고 있는데 태수가 보기에는 다들 느릿느릿 걸어가는 것 같았다.

쿠아키니 하이웨이로 들어서 내달리고 있는 태수의 현재 속도는 ㎞당 무려 3분 05초다.

개발에 땀이 났는지 귀신에게 홀렸는지 태수의 마지막 스퍼트는 가히 레전드급이다.

다른 선수들이 4분 10초로 달리는 것보다 1분하고도 5초나 빠르다. 그러니까 그의 눈에 다른 선수들이 걸어가는 것처럼 보이는 것이다.

도로 양쪽에는 셀 수도 없을 정도로 많은 사람이 모여서 떠나갈 듯한 함성을 지르고 있다.

도로 오른쪽으로 제법 웅장한 더 네이션스대학 코나캠퍼스가 보였다. 여기까지 왔다면 피니시까지 700m밖에 남지 않았다는 뜻이다.

태수 전방 30m에 5위서부터 선두까지 올망졸망하게 달리고 있는 모습이 보였다. 5위에서 선두까지가 100m도 되지 않는 기현상이 벌어지고 있다.

태수는 도로 중앙으로 나섰다. 지금부터 5명을 계속 추월할 것이기 때문이다.

도로가 좁아진 탓에 촬영팀은 2대의 모터바이크뿐이다. 그들은 측면과 전방에서 부지런히 태수를 찍고 있다.

타타탁탁탁타탁탁—

"후훅… 핫핫… 후훅… 핫핫……."

태수는 5위 세바스티안 키엔레 옆에서 나란히 달리다가 쑥 앞으로 치고 나갔다. 재작년 월드챔피언은 기진맥진한 얼굴에 안타까운 표정을 지으며 새로운 강자의 뒷모습을 바라보고 있을 뿐이다.

바로 10m 앞에 4위 작년 월드챔피언 얀 프로데노가 2m가 넘는 큰 키로 휘청거리면서 달리고 있다.

무거운 트럭 옆을 날쌘 포르쉐가 지나가듯 태수는 깔끔하게 얀 프로데노 옆을 미끄러져 지났다.

태수는 마지막 코너를 돌 때 3위 피트 제이콥스를 매정하게 뒤로 멀찍이 떨어뜨리고 쏘아 달렸다.

도로가 끝나고 폭이 4m 정도로 좁아지면서 양쪽에 바리케이드가 길게 늘어섰으며, 세계 각국의 깃발들이 펄럭이고 있는 가운데 바리케이드 너머의 수많은 사람이 선수들에게 팔을 뻗고 있다. 달리는 아이언맨과 손을 마주치면 행운이 온다는 속설 때문이다.

그렇지만 꽁지에 불이 붙은 1위 크랙 알렉산더와 2위 헨리 슈맨에게 관중과 하이파이브를 할 정신이 있을 리 만무하다.

결승선까지는 200m가 남았고, 헨리와 알렉산더는 둘 다 태수의 30m 전방에 있다.

태수는 헨리 옆에 나란히 달리면서 그를 쳐다보며 싱긋 미소 지었다.

"헉헉헉… 헤이! 헨리!"

"학학학학… 내가 말했지? 태수가 우승하면 내가 2위한다고 말이야… 헉헉헉……."

웃고는 있지만 헨리 속은 시커멓게 타고 있을 것이다.

"좋아! 따라와!"

타타탁탁탁탁탁—

태수가 바람처럼 내달리자 헨리가 그의 꽁무니에 그림자처럼 따라붙었다.

결승선을 100m 남겨두고 세계 랭킹 1위 크랙 알렉산더는 자신의 왼쪽으로 마라톤의 전설과 남아공의 신예가 차례로 스쳐 지나가는 모습을 망연히 바라보아야만 했다.

결승선까지 100m밖에 남지 않았지만 태수의 속도는 점점 빨라져서 헨리와 알렉산더를 뒤로 멀찌감치 떨어뜨렸다.

피니시 30m를 남겨두고 태수는 힐끗 뒤돌아보고 나서 바리케이드 좌우로 왔다 갔다 지그재그로 달리면서 두 팔을 활짝 벌리고 관중들과 하이파이브를 했다.

나의 행운을 당신들에게도 기꺼이 나누어주노라.

피니시 안쪽의 마이크를 잡고 있는 사회자가 목이 터질 것처럼 소리를 질렀다.

"위너! 코리아! 173번! 한태수!"

태수는 두 팔을 번쩍 들고 결승선으로 돌진했다.

"윈드 마스터 오브 레전드!"

와아아아—

우레 같은 함성이 터질 때 태수는 결승 테이프를 두 손으로 번쩍 들어 올리면서 골인했다.

"후우우… 하아아… 후우우… 하아아……."

쓰러질 것처럼 비틀거리던 그는 옆쪽에서 민영이 달려오는 것을 보고 그녀를 향해 돌아서서 두 팔을 활짝 벌리고 환하게 미소 지었다.

"으앙! 오빠!"

민영은 언제나 그랬던 것처럼 오늘도 통곡을 하면서 태수에게 안기며 우승을 축하해 주었다.

태수는 민영을 가슴에 깊이 끌어안고 헐떡거리며 말했다.

"헉헉헉… 민영아, 나 니 찌찌 매일 먹고 싶다……."

태수식의 프러포즈다.

민영의 움직임이 뚝 멈추더니 고개를 들고 눈물범벅인 얼굴로 태수를 바라보며 울먹였다.

"지금 줄까? 찌찌 먹을래?"

"아, 아니. 얘가 무슨 큰일 날 소리를……."

태수는 질겁해서 미친 듯이 고개를 가로저었다.

여자 선수 우승은 티루네시가 했으며 2위는 그웬, 그리고 엠마가 3위를 했다.

오늘은 타라스포츠 3남매가 코나대회를 휩쓴 날로 기억될 것이다.

겨울의 싸늘한 새벽바람이 부는 해운대 마린씨티의 어두컴 컴한 요트 계류장으로 들어서는 두 사람이 있다.

멋진 요트복으로 완전무장한 태수와 민영이다. 두 사람은 결혼식이 끝난 다음 날 신혼여행으로 바바리아 요트를 타고 세계일주를 떠나자고 굳게 약속했었다.

사아아…….

바바리아 크루저59 윈드 마스터호는 요트 계류장을 빠져나 와 동백섬 쪽으로 방향을 잡았다.

요트의 맨 뒤 방향타 틸러를 잡고 있는 태수 옆에 민영이 나란히 앉아서 요트가 나아가고 있는 동쪽 바다 수평선 끝이 일출로 붉게 물드는 광경을 바라보았다.

태수는 문득 방금 출발한 요트 계류장을 돌아보았다.

아무도 없는 을씨년스러운 요트 계류장에 한 사람이 서 있 는 모습이 어슴푸레 보였다.

태수가 좋아하는 하얀 꽃무늬 원피스를 입고 거기에 서서 손을 흔들고 있는 사람은 혜원이다.

태수는 혜원에게 잘 다녀오겠다고 고개를 끄떡여 주었다.

"뭘 봐, 오빠?"

민영이 태수가 보고 있는 요트 계류장을 돌아보며 코 먹은 소리를 냈다.

"뭐 두고 왔어?"

태수는 미소 지으며 팔로 민영의 어깨를 감쌌다.

"두고 온 줄 알았는데 착각이었어."

"헤헤… 그럴 줄 알았어."

민영은 무릎에 얹은 담요를 끌어당겨 태수를 잘 덮어주고는 머리를 그의 어깨에 기댔다.

윈드 마스터호는 오늘따라 유난히 잔잔한 물살을 조용히 가르면서 이기대와 오륙도를 오른쪽에 끼고 드넓은 바다로 나갔다.

민영의 맑은 목소리가 부지런한 갈매기들 위로 떠올랐다.

"그런데 말이야, 오빠가 탈북자들을 돕겠다고 한 거 말이야. 그거 타라스포츠 차원에서 지원할까 하는데 오빠 생각은 어때?"

"정부가 아닌 민간단체가 나서면 북한에게 해코지를 당할지도 모르니까 그냥 내 선에서 할게."

"그럼 오빠도 비밀리에 박연화하고 목사님을 도울 거야?"

"그래. 나는 그냥 돈으로만 후원하는 거야."

"한 사람 탈북시키는 데 브로커 비용이 천만 원이라면서?"

"그래."

"너무 비싸다. 중국인이나 조선족들이 브로커라면서?"

"응. 일억이면 열 명, 십억이면 백 명을 구출할 수 있어."

"괜찮겠어?"

"박연화하고 약속한 거다."

"언제?"

"코나에서."

"박연화가 코나에 왔었어?"

"영적으로 나한테 강림했었지."

"무슨 소리야? 영적이라니……."

"민영아."

"응?"

"나 지금 찌찌 먹고 싶어졌다."

『바람의 마스터』 완결

초대형 24시 만화방

신간 100%, 샤워실, 흡연실, 수면실(침대석), 커플석, 세탁기 완비

▪ 강북 노원역점 ▪

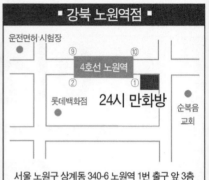

서울 노원구 상계동 340-6 노원역 1번 출구 앞 3층
02) 951-8324 (화용빌딩 3층)

▪ 일산 정발산역점 ▪

경찰서 ●   정발산역 ●

제2 공영주차장 ●   롯데백화점 ●

24시 만화방 | E | C | A |
라페스타
| F | D | B |

라페스타 E동 건너편 먹자골목 내 객잔건물 5층
031) 914-1957

▪ 일산 화정역점 ▪

경기도 고양시 덕양구 화정동 984번지 서일빌딩 7층
031) 979-4874 (서일사우나 건물 7층)

▪ 부천 역곡역점 ▪

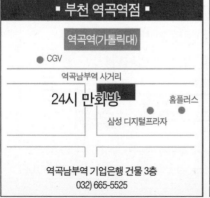

역곡남부역 기업은행 건물 3층
032) 665-5525

▪ 부평역점 ▪

(구) 진선미 예식장 뒤 보스나이트 건물 10층
032) 522-2871

paráclito

빠라끌리또

FUSION FANTASTIC STORY

가프 장편 소설

막장 비리 검사가
최고의 검사로 거듭나기까지!
그에겐 비밀스러운 친구가 있었다.

『빠라끌리또』

운명의 동반자가 된 '빠라끌리또'가 던진 한마디.

-밍글라바(안녕하세요)!

그 한마디는 막장 비리 검사, 송승우의
모든 것을 통째로 리뉴얼시켜 버렸다.

빠라끌리또=Helper, 협력자, 성령.

Book Publishing CHUNGEORAM

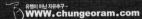

유행이 아닌 자유추구-
WWW.chungeoram.com

검자 新무협 판타지 소설
FANTASTIC ORIENTAL HEROES

목탁

해적으로 바다를 누비던 청년,
절해고도에 표류해… 절대고수를 만나다!

"목탁은 중생을 구제하는
좋은 이름일세"

더 이상 조무래기 해적은 없다!
거칠지만 다정하고, 가슴속 뜨거운 것을 품은

목탁의 호호탕탕 강호행에
무림이 요동친대!

Book Publishing CHUNGEORAM

유행이 아닌 자유추구 -
WWW.chungeoram.com

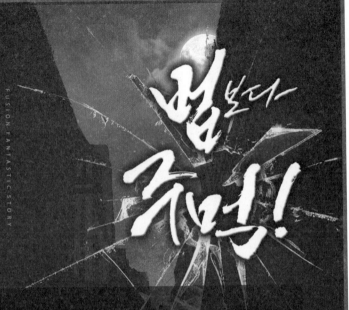